KB202863

영원한 삐삐 롱스타킹

아스트리드 린드그렌

Jenseits von Bullerbü
Die Lebensgeschichte der Astrid Lindgren

by Maren Gottschalk

This Korean edition was published by arrangement with Beltz Verlag, Weinheim
through Bestun Korea Literary Agency Co., Seoul

영원한 삐삐 롱스타킹

아스트리드 린드그렌

마렌 고트샬크 지음 ｜ 이명아 옮김

삶은 너무나 부서지기 쉽고
행복은 붙잡아 놓을 수 없다.

－아스트리드 린드그렌, 1950

일러두기

* 스웨덴 인명, 지명 등 고유명사는 국립국어원 외래어 표기법을 따랐다.
* 본문에 나오는 아스트리드 린드그렌 작품 가운데 우리말로 나온 책은 우리말 제목을 적었다.
* 우리말 책 제목에 명기된 고유명사는 그 표기를 따랐다. 예를 들어 『지붕 위의 카알손』을 따라 '칼손(Karlsson)' 대신 '카알손'으로 적었다.
* 아스트리드 린드그렌 작품의 스웨덴어 제목은 책 끝에 실은 '작품 목록'에서 확인할 수 있다.
* 글쓴이 주는 번호를 달아 책 끝에 모아 싣고, 옮긴이 주는 본문 괄호 안에 넣었다.
* 본문에 인용한 작품 내용은 옮긴이의 번역이므로 우리말 번역본과 다를 수 있다.

"나는 더 이상 존재하지 않는 땅에서 어린 시절을 보냈다."[1]

1975년, 아스트리드 린드그렌은 이런 글을 남겼다.

스웨덴 남부에 자리 잡은 스몰란드를 여행할 때, 난 도무지 내 눈을 믿을 수가 없었다. 과연 이곳이 아스트리드 린드그렌이 쓴, 바로 그 깊은 숲이며 아름다운 봄날의 풀밭일까? 과수원과 잔잔한 호수가 있던 자그맣고 아늑한 도시일까?

그래도 그곳에는 친밀한 느낌을 주는 빨간 목조 가옥 여러 채가 꽃이 만발한 나무들 사이에 서 있었다. 울타리를 둘러친 들판도 남아 있고, 반짝이는 앵초들도 길 가장자리를 환하게 수놓고 있었다. 숲 속에서는 폭신한 이끼에 뒤덮인 집채만 한 바위도 만났다. 바위는 스몰란드의 풍경을 아주 특별한 것으로 만들어 주며 동화 속에서나 느낄 수 있을 듯한 신비로운 분위기를 풍겼다.

그렇지만 스몰란드의 작은 도시 빔메르뷔에 도착하자, "망아지처럼 뛰놀던 어린 시절"이 사라져 버렸음을 솔직히 인정해야 했다. 세기가 바뀌면서 들어선 슈퍼마켓과 선거용 펼침막, 피자 가게, 되너 간이식당(터키 전통 음식인 케밥을 주로 파는 식당. 터키 사람들의 이민과 더불어 유럽 어느 도시에서나 흔히 볼 수 있다.) 등은, 유럽 어디나 그렇듯이 그 시절이 송두리째 사라져 버렸음을 뚜렷이 보여 주었다. '아스트리드 린드그렌의 세계'라는 이정표와 관광버스들이 이런 사실을 더욱 실감나게 해 주었다. 그녀가 어린 시절에 뛰놀던 땅은 이제 어디에도 없었다.

아스트리드 린드그렌은 누구인가? 얼핏 이 질문은 무척이나 대답하기 쉬운 것 같다. 문서보관소에는 그녀에 관한 여러 권의 책들과 수많은 인터뷰 자료들이 보관되어 있다. 우리는 그녀가 어떻게 자랐고, 스톡홀름 어디에서 살았으며, 언제 무슨 책을 썼고, 또 정치적인 문제들에 대해 어떤 입장을 보였는지 등의 사실을 잘 알고 있다.

그러나 자료를 찾아보면 볼수록 책과 신문에 적힌 이야기들이 하나같이 똑같다는 사실이 확연해졌다. 항상 똑같은 질문에 똑같은 대답이 오갔다. 그런데 그렇게 수많은 질문과 대답으로 채워진 그녀의 삶의 지도 한복판은 하얗게 얼룩져 있었다. 이 하얀 얼룩을 둘러싸고는 침묵만이 흐르고 있었다. 몇 가지 질문이 던져지긴 했지만, 어떤 대답도 돌아오지 않았다.

그녀의 친구이자 전기 작가인 마르가레타 스트룀스테트는 오늘에서야 "아스트리드 린드그렌은 이러한 방식으로 자신을 건드릴 수 없게 만들었다"고 이야기한다. 아스트리드 린드그렌이 살아 있는 동안 지킨 침묵은 모든 이들에게 존중받았다. 그러나 그녀가 죽고 3년이 지난 지금, 그녀의 딸과 친구들과 오랜 동료들은 이전에 감히 털어놓지 못했던 경험들을 이야기한다. 마침내 새로운 질문을 던질 수 있게 된 것이다.

책 군데군데에서 이 탁월한 작가를 존칭도 성도 없이 그냥 이름만 부르는 것이 무례하게 들릴지 모르겠다. 그러나 성 없이 이름만 부르는 일은 스웨덴 사람들 사이에서 무척 흔하다. 그리고 아스트리드는 그런 일 따위에 전혀 개의치 않으리라는 확신이 선다. 한편 그녀가 스스로 이야기하지 않은, 마주하고 싶어 하지 않았던 문제들에 관심을 보인다면, 그녀는 이렇게 말할 것이다. "그 묵은 얘기들은 그냥 좀 내버려 두지 그래요." 그렇다면 난 『지붕 위의 카알손』에서 그녀가 직접 쓴 문장을 빌려 대답할 것이다. "아! 아스트리드, 그런 일로 대가의 영혼이 방해받지는 않겠지요!"

2005년 11월,

글쓴이 마렌 고트샬크

1. 거침없는 모험을 펼치다

1907년 11월 14일, 아스트리드는 스몰란드의 농부 사무엘 아우구스트 에릭손과 한나 욘손 사이에서 둘째 딸로 태어났다. 자그마하고 예쁘장한 농가 한켠에 아기 아스트리드의 요람이 놓여 있었다. 이 농가는 전형적인 스웨덴 식 목조 가옥으로, 빨간 지붕에 창틀은 하얗고 앞쪽에 작은 베란다가 있었다.

아스트리드 가족이 소작하는 네스의 농가는 빔메르뷔라는 작은 도시 근교에 자리 잡고 있었다. 소작료를 내고 네 아이들과 할아버지, 할머니에 고용인들까지 부양하려면 가족 모두가 눈코 뜰 새 없이 일해야 했다. 이 농가에 딸려 일하며 한솥밥을 먹는 이들이 열다섯 명까지 불어나는 해도 많았다. 농가의 살림살이는 소박했지만 알뜰하게 유지되었다. 지은 지 100년이 넘은 이 집에는 너도밤나무와 느릅나무, 보리수가 깊은 그늘을 드리우고 있었다. 과실수는 넉넉하고 잘 정돈된 채마밭이 딸려 있었다. 가축우리와 곡물 창고는 물론 개울가의 빨래터와 헛간도 여럿 있었다.

한눈에 들어오는 이 작은 세계는 아스트리드와 한 살 위 오빠 군나르, 여동생 스티나와 잉에게르드 모두에게 천국이 아닐 수 없었다. 수십 년이 지난 오늘날에도 이곳은 변함없이 온 세상 아이들에게 별천지가 될 것이다.

그러나 이 천국은 오로지 아이들만을 위한 것이었다. 20세기 초반까지 스웨덴 어른들에게 농부의 생활이란, 유럽 어디에서나 마찬가지였겠지만 끝없는 수고와 고된 노동을 뜻했다. 농기계의 도움 없이 모든 일을 손과 발로 해야 했다. 게다가 스몰란드는 척박한 돌땅이어서 오랜 고생 끝에서야 결실을 거둘 수 있었다.

농가의 일상은 분명한 생활 리듬에 따라 흘러갔다. 아침이면 엄마가 가장 먼저 일어나 닭들에게 모이를 주었다. 엄마가 집 안으로 들어오면 아이들은 이미 일어나 있어야 했는데, 겨울철만큼은 쉽지가 않았다. 아침 식사로는 보리를 거칠게 빻아 쑨 죽을 먹고, 가끔씩 코코아도 곁들여 마셨다. 농가 식구들은 자기 마당에서 거둬들인 것만 먹었고, 고기를 맛보는 일은 드물었다. 대신 절인 청어와 채소, 정원에서 거둬들인 과일과 근처 숲에서 딴 야생 딸기로 만든 온갖 그뤼체(과일을 재료로 달착지근하게 만든 후식. 곡식을 빻아 과일과 섞어 죽처럼 만들기도 한다.)가 거의 날마다 식탁에 올랐다. 우유와 크박(유지방을 빼고 유산균을 첨가해 만든 응유)과 치즈도 넉넉했다.

엄마는 2주에 한 번씩 보관하기 쉬운 검은 빵을 구웠다. 그 가운데서도 보리빵은 12월 성탄절에 맞춰 구우면 4월 부활절까지도 보관할 수 있었다. '갓 구운 빵'은 실컷 먹을 수 있는 일이 드물어 특별히 사랑받는 음식이자 가장 맛있는 음식에 속했다. 아이들은 좋아하지 않는 음식은 아무것도 먹을 필요가 없었고, 대신 언제든 빵에 버터를 발라 먹으면 되었다.

음식을 비축하는 태도야말로 살아가는 데 가장 중요한 것이었다. 준비성 좋은 이들은 식품 저장고를 빵, 곡식, 병조림한 과일과 채소, 훈제 생선과 소시지 따위로 가득 채워 두었다. 한나 에릭손은 이런 면에서 매우 모범적인 주부였다. 헛간에는 추운 겨울에 땔 장작들이 차곡차곡 쌓여 있었다.

여러 헛간들 가운데 한 곳 위쪽에는 사다리를 타고 올라가는 다락이 딸려 있었다. 그곳은 춥고 맞바람이 치는 데다 어두웠지만 온전히 아이들만의 공간이었다. 정리할 필요도 없고, 어른들이 만들어 놓은 어떤 규칙도 없었다. 아이들은 이곳에 그림책, 인형과 소꿉, 알록달록한 공작용 색종이 따위 보물을 보관했다. 다락에 있는 이 놀이터는 완벽했다. 그렇지만 계곡을 끼고 뻗어 있는 땅이나 정원, 가축우리 안의 놀이터도 그에 못지않게 놀기 좋은 곳이었다. 숲과 거친 들판 역시 빼놓을 수 없는 놀이 장소였다.

황량한 들판에는 가시덤불과 꽃과 풀들, 또 몇 그루 되지 않는 나무들이 자라고 있었다. 이 거친 들판은 돌이 너무 많아서 농사를 짓기에 알맞지 않았다. 게다가 풀도 넉넉하지 않아 제대로 된 목장에서처럼 가축들을 놓아먹일 수도 없었다. 가끔 양이나 말 몇 마리가 울타리 사이에 서 있을 뿐이었다.

그러나 상상력이 풍부한 아이들에게 메마른 들판은 모든 것이 될 수 있었다. 마법에 걸린 요정의 정원이 되기도 했고, 외로운 섬이나 광대한 초원 또는 위험천만한 황야로 탈바꿈하기도 했다. 드넓은 자연과, 빡빡하지 않은 일과, 누구의 간섭도 받지 않는 놀이는 아이들에게 그 무엇과도 비교할 수 없는 자유를 안겨 주었다.

당시 스웨덴은 부유한 복지국가와는 거리가 멀었다. 사람들은 거의가 밥 먹듯 배를 곯고 가난에 시달렸다. 1863년의 끔찍한 흉작은 어느 곳보다도 농촌 지역의 사정을 악화시켰다. 그 시절에는 인구의 90%가 농촌에 몰려 있어 타격이 더욱 심했다. 1870년대 들어 산업화가 거론되었지만, 도시에서도 소유권 분할로 수익성을 잃어버린 농가에서도 수많은 일용 노동자들을 수용할 수가 없었다. 그래서 19세기 말 스웨덴 사람들 백만여 명이 더 나은 삶을 찾아 미국으로 이주했다. 그때 아스트리드의 삼촌 린네르트도 일리노이로 건너갔다가 몇 년 뒤 다시 스웨덴으로 돌아왔다. 19세기에서 20세기로 넘어갈 무렵 스웨덴에는 체념과 불신의 분위기가 가득했다. 농촌 인구가 빠르게 줄어들고, 도시에서는 처음으로 파업이 일어났다.

그러나 스몰란드의 작은 농가에서는 이런 분위기를 거의 느낄 수 없었다. 에릭손 가족에게 생존과 직결된 걱정거리는 없었다. 그들은 길이가 100미터도 넘는, 지역에서 가장 큰 가축우리를 가지고 있었다. 이는 다른 농부들에 비해 처지가 좋다는 증거였다. 삶에 거는 기대는 소박했고 불행으로부터 보호받기까지 했다. 아이들이 집안일과 농장 일을 돕는 것은 당연했다.

세월이 흘러 아스트리드는 "누구든 맡겨진 일은 반드시 해내야 했다"고 회상했다. "이건 누구한테나 살아가는 데 도움이 되는 쓸모 있는 가르침이었다고 생각해요. 너무 많이 한숨을 내쉬거나 불평하지 않고 단조로운 일들을 끝까지 해내는 것도 마찬가지였고요. 설거지통 앞에서 딴생각에 빠져 있을 때면, 엄마는 '정신 차리고 계속해'라는 경고의 말을 던지셨어요."[1]

한나는 무를 솎아 내거나 쐐기풀을 따라고 아이들을 농장으로 내보냈고, 아이들은 엄마 말을 따랐다. 아스트리드는 심지어 견신례(청소년 신자를 성인 공동체의 신자로 받아들이는 기독교 예배 의식) 날에도 오전 내내 들판에서 일하지 않으면 안 되었다. 그래도 부당하게 대우받았다고 여기지 않았다. 일상생활이 제대로 돌아가려면 농가에 사는 이들이 어떤 일을 해야 하는지 알고 있었기 때문이다. 아이들도 그런 사실을 잘 알았다. 게다가 20세기 초반의 부모 자식 관계는 오늘날과는 사뭇 달랐다. 아무도 부모의 권위를 의심하지 않았고, 그것을 논쟁에 부치지도 않았다.

그렇지만 부모들은 아이들이 감독받지 않아도 되는 시간에 벌이는 모든 일들에 거의 관심을 두지 않았다. 사실 어른들은 그런 일에 마음 쓸 여유가 조금도 없었다. 엄마들은 아이들 놀이에 끼어들지도 간섭하거나 야단치지도 않았다. 바지나 윗옷이 더러워지고 찢어졌어도 마찬가지였다. 이 시기 농부들의 생활 방식에 맞게 어른들은 아이들이 식사 시간에 정확히 나타나기를 단 한 번도 바라지 않았다.

이러한 자유가 주어졌어도 에릭손네 아이들은 터무니없는 행동을 하지 않았다. 아무도 이 아이들이 무슨 위험한 장난을 쳤다는 소리를 들어 보지 못했다. 단 한 가지만 뺀다면 그랬다. 금지된 일이었지만, 아이들은 몰래 강으로 나가 헤엄을 치곤 했다.

겨울이 찾아오고 날씨가 추워져 바깥 놀이가 어려워지면 아이들은 집 안에서 정신없이 놀았다. 집 안에서 야단법석을 떨고 시끄럽게 뛰어다녀도 어른들은 눈감아 주었다. 가끔씩은 부엌에서 활활 타오르는 장작불 앞에 앉아 종이를 오리며 놀기도 했다. 아직 네스에 전기가 들어오기 전이라, 가족들은 벽난로 불이 잦아들면 모두 잠자리에 들었다. 아이들이 어렸을 때에는 낮에 거실로 쓰는 큰 방에서 온 식구가 모여 잠을 잤다.

할아버지 사무엘 요한 에릭손과 할머니 이다도 빨간 집의 다락 아래 맨 꼭대기 층에서 함께 살았다. 그러다 1916년 막내 동생 잉에게르드가 태어나면서 집이 비좁아지자 다른 아들네로 이사를 했다. 이제 아스트리드와 스티나가 다락방을 함께 쓰고, 군나르는 조각 양탄자와 수건을 만들던 직조실을 차지했다. 아이들은 이사한 할머니, 할아버지를 몹시 그리워했고, 그들을 만나기 위해 자주 길을 나섰다. 할머니 댁에서는 집에서 느꼈던 것과 조금도 다름없는 사랑을 느꼈다.

로비사 외할머니 댁은 좀 달랐다. 외할머니는 유독 아이들이 재미있어서 막 관심을 쏟는 일이라면 못하게 막는 것만 같았다. 그렇지만 외할머니를 찾아가는 것도 평범한 일상에서 빛나는 일이었다. 외할머니 댁에서는 성대한 가족 잔치가 열렸고 친척들을 만날 수 있었다. 에릭손 가족은 마차에 마구를 매고 출발했는데, 그것만으로도 아이들은 충분히 신이 났다.

아이들이 자라면서 여태껏 살아온 빨간 집이 무척 좁아졌다. 1920년 사무엘 아우구스트는 '하얀 집'을 짓는다. 전에 살던 빨간 집에서 몇 미터도 채 떨어져 있지 않은 데다 더 환하고 넓었다. 나이가 많은 위의 세 아이는 각자 자기 방을 갖게 되었고, 이제 갓 네 살이 된 잉에게르드만 부모님 침실을 썼다.

고용인들 역시 자연스럽게 일상의 한 부분이 되었다. 나이 어린 하녀 여럿이 집에서 함께 살며 가족과 더불어 식사를 했고, 집안일을 돌보며 아이들을 키웠다. 이들은 겨울에는 부엌의 접이식 의자에서 잠을 자고 여름에는 다락에서 잤다. 고향을 그리워하고 오랜 시간 일하며 저임금에 시달렸지만, 이들에게 쉴 시간이라곤 없었다. 그러나 아무도 그런 사실을 문제 삼지 않았다. 당시 농촌 노동자들에게 권리 찾기란 아주 멀고도 낯선 일이었다. 단지 몇몇 도시에 부당한 대우와 착취에 대해 상담할 수 있는 곳이 마련되어 있을 뿐이었다. 대부분의 하녀들은 '친절한' 주인집에서 살 수 있는 것을 행운으로 여기며 즐거워했다.

네스의 하인들은 집 안에서 자지 않고 가구를 만드는 헛간 위 다락방에서 묵었다. 들판이나 가축우리에서 힘든 일을 했기 때문에, 이들은 보리죽 대신 기름진 소시지가 오른 아침상을 자주 받았다. 에릭손네 아이들은 들판에서 일하는 하인들에게 새참 바구니를 가져가곤 했는데, 그럴 때마다 귀를 쫑긋 세우고 그들이 나누는 대화에 흠뻑 빠져들었다. 이야깃거리는 아주 다양했다. 구역질 나는 병을 민간요법으로 다스린 사람을 처벌한 정부를 비난하기도 했고, 거칠고 속된 농담도 주고받았다. 이 소박한 남자들은 린드그렌의 창작동화 『에밀은 사고뭉치』에 나오는, 마음씨 좋은 알프레드처럼 농가 아이들을 마치 친자식처럼 사랑했다.

하녀나 하인들은 거의가 평생 일해도 자기 집이나 배우자, 아이를 가질 처지가 못 된다는 사실을 누구나 알고 있었지만, 이런 일에 마음을 쓰는 이는 아무도 없었다. 가끔 일이 없는 오후 몇 시간을 빼고는 여가 시간이 조금도 없다는 사실도, 이들이 언제 사생활을 누릴 수 있는지도 관심 밖이었다.

아스트리드가 어렸을 때 스웨덴에는 어떠한 사회보장 제도도 마련되어 있지 않았다. 위기에 처한 사람들은 친척의 도움을 받지 못하면 곧장 빈민 가정으로 전락하거나, 고향 없이 이곳저곳을 떠돌게 되었다. 그래서 작고 안전한 네스의 세상 밖에는 거지와 떠돌이들이 살고 있었다. 그들은 늘 아스트리드 엄마에게 와서 먹을 것을 얻어 갔다. 그리고 다른 떠돌이들이 볼 수 있도록 네스의 문 앞에 암호나 표시를 남겼고, 사람들은 이 흔적을 보고 이들이 다녀갔음을 알아챘다.

엄마가 떠돌이들에게 음식을 나눠 줄 때면 아이들은 커다랗게 눈을 뜨고 엄마 곁에 붙어 섰다. "땅거미가 질 무렵이면 떠돌이들이 부엌 문가로 와서 우유와 빵을 조금씩 구걸했고, 우리는 이런 떠돌이들을 뚫어져라 쳐다보았다. 사람들 말로는 어디에도 머물러 살지 않고 항상 떠돌아다니는 사람들이 있다고 했다."[2]

이런 사람들 앞에 서면 아이들은 두려움과 동시에 알 수 없는 호기심에 휩싸였다. 흔히 볼 수 없는 이 떠돌이들이 다 위험하지 않은 건 아니었다. 어떤 떠돌이들은 아이들 눈에 위협적으로 비쳤다. 그러나 어른이 된 작가는 따뜻한 시선으로 이들을 묘사했고, 언제나 작품의 등장인물이 길을 가다 이들과 마주치게 만들었다. 결국 나중에 상을 받게 되는 『라스무스와 방랑자』에 나오는 천국의 오스카는 그들에게 특별한 기념비가 되었다.

떠돌며 살지는 않더라도 가난한 집 사람들도 어느 농부나 시민 세계에서 따돌림받기는 마찬가지였다. 이들은 조롱 섞인 이름으로 불리며 수많은 냉대를 견뎌야 했고, 근근이 먹고살면서 사회에서 분리되었다. 또 이들 가운데 절반은 미쳐서 자신만의 환상 세계로 도망치기도 했다.

스웨덴에서는 17세기에 이르러서야 이들에 대한 보호법이 실행되기 시작했다. 이 보호법에 따라 각 지역 공동체는 가난한 가구를 부양할 의무를 졌다. 하지만 이러한 부양이 이뤄지는 곳은 친절한 보호소가 아니었고, 감독관 역시 상담가나 사회복지사가 아니었다. 아스트리드 린드그렌의 창작동화 『에밀은 사고뭉치』 나 『그리운 순난앵』은 이러한 가난한 집안의 삶을 매우 극적으로 묘사하고 있다.

어른이 된 아스트리드 린드그렌이 떠올리는 어린 시절의 중요한 기억들은 한결같이 자연과 맞닿아 있다. "자연은 단 한순간도 쉼 없이 너무나 강렬하게 나를 채워 갔어요. 어른이 되어서는 더 이상 붙잡을 수 없는 것들이었죠." 꼬마 아스트리드는 네스의 모든 돌무더기들과 덤불 하나하나, 헤집고 다닌 길목들을 샅샅이 알고 있었다. "내게는 사람들에 대한 기억보다 이런 것들 하나하나에 대한 기억이 훨씬 더 생생해요."[3]

그녀의 삶은 바로 이곳에서 때로는 아늑한 풍경을 배경으로, 때로는 황량한 풍경을 배경으로 펼쳐졌다. 무엇보다도 이곳은 아이들이 모험을 펼치는 세계였다. 아스트리드는 이곳에서 영웅이나 승리자로 활약하기도 하고 포로가 되기도 했다. 자신이 맡은 역할에 깊이 빠져들수록 이 공간은 더욱 긴박한 모험의 세계로 탈바꿈했다. 어린 아스트리드는 오빠 군나르나 여동생들과 함께 뛰놀면서 모든 감각을 열고 강렬하게 자연을 체험했다. 이렇게 받아들인 자연은 그녀의 마음속 깊은 곳에 아로새겨졌다.

이제 어른이 된 아스트리드는 과거를 돌이켜보며 이렇게 고백한다. "난 아직까지도 한여름 저녁이면 보리밭에서 보리들이 서로 몸을 비벼 대며 내는 소리를 들을 수 있고, 봄날 밤이면 부엉이 나무에서 우는 작고 귀여운 올빼미 울음소리를 들을 수 있다. 귀가 떨어져 나갈 것 같은 추위에 눈 속을 뚫고 따뜻한 외양간으로 들어설 때의 기분이 어떤지 여전히 느낄 수 있고, 송아지 혀가 손바닥을 핥는 느낌은 어떤지, 토끼한테서 무슨 냄새가 나고 마차를 두는 헛간에선 어떤 향기가 나는지, 또 쉿쉿 하며 우유가 양동이로 떨어질 때 어떤 소리를 내는지 잘 알고 있다. 방금 알에서 깨어난 병아리의 조그마한 발톱이 손바닥에서 어떤 느낌을 내는지도 변함없이 생생히 기억할 수 있다."[4]

네스처럼 작은 농가에서는 당연히 일할 사람이 많이 필요했다. 농부와 하녀와 하인들뿐 아니라 호이슬러(토지와 집이 없는 하인)라 불리면서 마당에 작은 천막을 짓고 사는 일용 노동자들도 힘들게 일했다. 일용 노동자들의 자식들은 자연스레 에릭손네 아이들의 첫 놀이 친구가 되었다.

가축우리에서 소를 돌보던 하인의 딸 에디트는 그녀의 작은 집 부엌에서 다섯 살짜리 아스트리드에게 동화 한 편을 소리 내어 읽어 주었다. 아스트리드에게는 새로운 문이 열리는 순간이었다. 거인 밤밤과 요정 비리분다에 관한 동화는 "나의 어린 영혼을 사로잡고 …… 지금까지도 완전히 사라지지 않는 떨림을 안겨 주었다."[5]

뒷날 작가는 그때의 경험이 자신을 작은 동물에서 한 인간으로 바꾸어 주었다고 말했다. 그 순간의 책읽기가 그녀의 삶에 문화를 가져다 주었기 때문이다.

『사라진 나라』는 그녀의 작품 가운데 유일하게 어른을 대상으로 쓰여진 책이다. 이 책에서 작가는 자신의 삶을 회상하며 어린 시절 자신이 발견한 책 이야기로 한 장을 채웠다. 제목은 "그건 크리스틴의 부엌에서 시작되었다"[6]이고, 이 부엌은 『떠들썩한 마을의 아이들』에서부터 『사자왕 형제의 모험』에 이르기까지 그녀의 동화와 청소년소설 여러 편에 등장한다. 이곳은 마음속 깊이 자리한 친밀함과 아늑함의 상징이고, 그래서 환상 세계로 떠나는 최고의 이륙 지점이 될 수 있었다. 그렇지만 부엌은 비좁음과 가난을 뜻하기도 했다. 이곳에서 많은 아이들이 주린 배를 미처 채우기도 전에 식탁을 떠야 했다는 사실은 작가의 기억 속에 자리하고 있지 않았다. 나중에야 그녀는 이 아늑했던 세계의 어두운 면을 되살린다.

에디트는 아스트리드에게 트롤, 난쟁이, 요정 들에 관한 다른 이야기들도 읽어 주었다. 농부의 아이들이나 일용 노동자의 아이들이나 자기 책이 없기는 마찬가지였지만, 오래지 않아 학교 도서관이 아스트리드를 새로운 세상과 연결해 주는 다리가 된다.

드디어 1914년이 찾아왔다. 바로 이 해에 네스에 전기가 들어왔다. 처음에 전기는 거실에 흐릿한 빛을 내는 전구 이상은 아니

었다. 같은 해에 아스트리드는 빔메르뷔에 있는 학교에 입학한
다. 농촌에서 자란 아스트리드는 무엇보다도 오랫동안 가만히
앉아 있는 데 익숙해져야 했다. 그러나 곧 학교 생활이 즐거워졌
고 빠르게 배워 나갔다.

그녀는 읽기와 쓰기에서 두각을 나타냈고 체육에서도 그랬는
데, 이건 그녀가 반 친구들을 통틀어 가장 대담했기 때문이다. 한
번은 아스트리드가 친구들의 감탄 어린 시선을 한몸에 받으며 난
방용 관과 수도관을 타고 체육관 천장까지 기어오른 적도 있다.
그렇게 몸이 날랬지만 또래 친구들과 사귀는 데는 무척이나 수줍
음을 탔다. 가끔씩은 자기가 꼭 "비겁한 겁쟁이" 같다고 느꼈다.[7]

빔메르뷔에서 네스까지 걸어가는 것은 제대로 된 도보 행진이
었다. 아스트리드는 가장 좋은 놀이 동무였던 군나르 오빠와 하
루도 빠짐없이 이 길을 걸었다. 나중에는 빔메르뷔 은행장 딸 마
디켄과 가까운 친구가 된다. 아스트리드보다 자의식이 강했던
마디켄은 여러 면에서 소설 『마디타』에 나오는 여주인공의 모델
이 된다.

얼마 지나지 않아 아스트리드가 혼자 책을 읽을 수 있게 되자,
마침내 학교는 새로운 책들로 향하는 길을 열어 주었다. 선생님
은 성탄절을 며칠 앞두고 아이들이 각자 원하는 책을 찾아보도록

출판사 도서 목록을 가져왔다. 아스트리드는 『백설공주』를 골랐다. "어린 시절 모험들 가운데 가장 끝없이 펼쳐진 최고의 모험은 바로 책읽기였다. 처음으로 내 책을 받고 킁킁거리며 냄새를 맡기 시작한 찰나에 끝없는 모험이 시작되었다. 그 순간 잠들어 있던 책읽기의 배고픔이 깨어났다. 내 삶에서 이보다 더 좋은 선물을 받아 본 적은 없었다."[8]

한나와 사무엘은 학교 숙제를 봐 주지 않았다. 그렇지만 으레 아이들이 모든 과제를 제대로 해낼 거라고 믿었다. 좋은 점수를 받는 일도 당연하게 여겼고 특별히 상을 주지도 않았다. 아이들은 각자의 나이에 맞게 집안일과 농사일에 힘을 보태야 했고, 학교 사정을 핑계 삼아 일에서 빠져나갈 수는 없었다. 그렇게 몇 해가 지나자 엄마는 다 큰 딸이 있는 사람에게 하녀는 필요하지 않다고 생각하게 되었다.

아스트리드에게 일요일은 꼭 아이들을 괴롭히고 지루하게 만들려고 있는 시간처럼 느껴졌다. 따끔거리는 양모 스타킹을 반드시 신어야 했을 뿐 아니라, 견딜 수 없이 무미건조한 주일 학교에 가야 했기 때문이다. 그곳 선생님은 졸기에 딱 좋은 이야기를 들려주었다. 그나마 지옥으로 떨어질 사악한 죄 이야기에는 조금이라도 재미있는 구석이 있었다. 아스트리드는 교회를 진지하게 받아들였고, 흠결 없이 온순한 하느님의 자녀가 되고 싶어 했으며, 고집불통인 불신자에게 닥칠 형벌을 상상하게 되었다. 소름끼치는 일이었다. 믿음이 없는 사람들은 대부분 '검은 여인'처럼 무덤 속에서도 평안을 얻지 못하고 목사관이 있는 거리로 올라와 침을 뱉는다고 했다.

그래서 에릭손네 아이들은 어느 날 한밤중에 살금살금 집에서 빠져나왔다. 이 끔찍한 싸움질을 보기 위해서였다. 하지만 안타깝게도 그날 밤에는 아무 일도 일어나지 않았다. 어른이 된 아스트리드의 결론은 이랬다. "이 세계에서 무엇이 진실이고 무엇이 진실이 아닌지를 확인하기 위해 우리는 많은 시간을 보냈다고 생각해요."[9]

주일 학교도 지겨웠지만, 교회에서 목사가 하는 설교는 아이들에게 정말이지 무리였다. 아스트리드는 도무지 목사의 설교를 이해할 수가 없었다. 그래서 군나르 오빠에게 그가 무슨 말을 하는지 아느냐고 물었다. 그러면 군나르는 "말도 안 돼. 저런 건 아무도 하지 않아. 내 말을 믿어"[10]라고 속삭였다.

한나와 사무엘은 아이들한테 가장 가까이에 사는 이웃 목사와 그의 가족들, 소작을 내준 지주네 집을 자주 방문하라고 권했다. "더 나은 집 사람들은 어떻게 행동하는지 살짝 들여다보기 위해서였어요. 아버지 말씀대로 우리는 '거친 농부 족속'에 속했으니까요. 그러니까 그런 식으로라도 더 나은 행동을 배우는 것이 필요했어요."[11]

드러내지는 않았지만, 농부들은 은근히 도시 사람들을 깔보았다. 그들 눈에 비친 도시인들은 '제대로' 된 일이라고는 아무것도 해내지 못하면서 머릿속에 놀 궁리만 가득한 족속들에 지나지 않았다. 그럼에도 일 년에 한 번씩 시장을 열어 농부들에게 기분 전환 기회를 마련해 준 이들은 다름 아닌 도시 사람들이었다. 빔메르뷔에서 열리는 가축 시장은 한 해의 절정을 이루는 가장 멋진 시간이었다.

5월의 어느 일요일, 시내에서 열리는 가축 시장에는 가축을 사고파는 농부들뿐 아니라 하녀와 하인들, 주변의 모든 아이들과 청소년들이 너나없이 모여들었다. 또 호기심을 느낀 시민들은 물론, 이곳에 모여든 이들의 지갑을 열게 하려는 매혹적인 사람들이 숱하게 몰려들었다. 잘 훈련된 동물들을 데리고 다니는 연기자, 간이사격장 주인, 회전목마를 설치하여 손님을 끄는 사람, 단것과 막대사탕을 파는 상인 등등이다.

아스트리드는 삼부작 에밀 시리즈에서 시골의 투박한 풍경을 특별히 재치 있게 묘사했다. 말 장수나 사기꾼, 머슴 들에 관한 이야기가 그렇다. 하인들은 일 년에 한 번씩 열리는 가축 시장에서 엄청나게 맥주를 마셔 대고 제대로 된 주먹질을 해 보고 싶어 했다.

아스트리드가 자신의 어린 시절에 대해 이야기할 때면, 그 장면들은 『떠들썩한 마을의 아이들』에 묘사된 장면들과 매우 비슷하게 겹친다. 이건 당연히 우연이 아니다. 시간이 흐른 뒤 작가가 고백했듯이, 이 책에 그려진 이야기들은 그녀의 어린 시절과 실제로 똑같다. 이런 까닭에 그녀의 이야기들에서 시간적 배경을 구별하기란 쉽지가 않다.

만약 고향집 마당 밖에서 일어나는 일들이 순조로웠다면, 아스트리드가 나고 자란 20세기 초반을 배경으로 한 이야기들이나 1930~40년대를 배경으로 한 이야기들이 큰 차이가 없었을 수 있다. 그렇지만 사실은 그렇지 않았다. 20세기로 접어들면서 스웨덴은 격동의 시기를 거친다. 이 무렵 사회 모든 분야에서 여러 사건들이 일어난 것이다.

스웨덴은 그때까지 100년이 넘도록 한 번도 전쟁을 치르지 않았다. 1808년과 1809년 사이에 나폴레옹 1세에 대항해 유럽 세력들과 동맹을 맺어 싸운 것이 마지막이었다. 중립국 입장을 취하기로 결정하면서 이 나라는 수많은 고통을 피할 수 있었지만, 그렇다고 국내 정치에서조차 갈등이 없었던 것은 아니다. 바로 세기가 바뀌던 무렵, 20세기로의 전환을 앞두고 스웨덴에서는 민족주의가 부흥할 조짐이 보였다. 많은 이들이 스웨덴이 강력한 힘을 행사하며 강국으로 군림했던 시절이 되살아나기를 꿈꿨다.

20세기 초반, 국왕 오스카르 2세는 독일과 더 가깝게 지내고 싶어 했다. 독일과 스웨덴 양국이 동맹국이 되면 잃어버린 핀란드 영토(1809년 이후)와 노르웨이(1905년 이후)를 되찾기 위해 어떤 시도를 해볼 수 있을지도 몰랐다. 그러나 유권자들은 투표에서 거부권을 행사해 이 계획에 반대했다.

게다가 국내 정치를 둘러싸고 금방이라도 터져 버릴 것 같은 문제들이 숱하게 쌓여 있었다. 국민들이 보통선거권을 주장하면 정치권은 군복무 의무제를 도입하자는 식으로 대응했다. "성인 남자는 한 표의 선거권을 행사하되 군복무 의무를 갖는다"는 것이었다. 이로 인해 유권자 수는 증가했지만 수많은 제약들이 그대로 남아 있었고, 계층 사이의 불협화음 또한 두드러졌다. 1909년, 30만 명의 노동자들이 노동 시간 단축과 임금 인상 그리고 더 나은 사회 보장을 요구하며 전국적으로 총파업에 들어갔다. 그러나 총파업은 2주 뒤 아무런 성과 없이 끝나고 말았다.

몇 년 뒤 또 하나의 격렬한 분쟁이 새로이 불붙었다. 1914년 집권한 자유주의 진영의 수상 칼 스타프는 사회 개혁을 추진하기 위해 군비 축소를 단행하려 했다. 그러나 국왕 구스타브 5세는 이에 맞서 군비 확장을 지지하는 보수 진영 쪽에 섰고, 두 진영의 대결은 위태롭게 진행되었다. 1914년 2월, 사무엘 아우구스트 에릭손은 스톡홀름에서 시행되고 있던 수상의 정책에 맞서기 위해 농부들의 거대한 대열에 합류한다. 칼 스타프 내각이 물러나자, 네스의 아이들은 자기 아버지가 다른 농부들과 함께 국왕을 구출했다고 생각했다.

그때 사무엘 아우구스트가 기념품으로 수건을 가져왔는데, 거기에는 왕가 사람들 모습이 그려져 있었다. 스웨덴 왕자 빌헬름과 결혼한 러시아 대공비 마리아 파블로브나도 수건의 한 귀퉁이를 장식하고 있었다. 그런데 마리아 파블로브나가 왕과 의자 빼기 놀이를 하는데, 항상 왕한테서 의자를 빼낸다는 소문이 자자했다. 이 때문에 아이들은 언제나 수건 귀퉁이에 있는 그녀 모습에 대고 코를 풀었다.

같은 해인 1914년 1차 세계대전이 일어나자 서로 적대적이던 스웨덴 정치권은 하나로 뭉쳤다. 스웨덴은 공식적으로 중립을 선포했지만, 계속해서 독일과 활발한 무역을 이어 갔다. 상당량의 생필품을 독일로 보냈기 때문에, 연합군 세력은 이 일을 근거로 스웨덴에 부분적인 봉쇄를 결정한다. 이 조치로 스웨덴은 기아 위기에 직면한다.

그럼에도 불구하고 스몰란드의 농가 네스에는 이러한 위기의 그늘이 거의 드리우지 않았다. 하지만 아스트리드의 뇌리에는 부상을 입은 채 진흙탕을 헤쳐 가던 군인 모습이 새겨져 좀처럼 지워지지 않았다. 저녁이 되면 아스트리드는 어린 여동생들에게 우울한 전쟁 이야기들을 들려주면서, 내면에 일고 있는 알 수 없는 위협에 대한 불안감을 조금이나마 삭이려 했다.

아스트리드의 초등학교 생활은 1917년에 끝났다. 농부의 아이들은 대개 초등학교 졸업으로 학교 교육을 마치곤 했다. 오로지 부유한 시민층 아이들만 상급 학교에 진학할 수 있었다. 학교에 다니려면 6개월에 320크로나(스웨덴의 화폐 단위. 1크로나=100외레=165원 정도)씩 내야 했기 때문이다. 에릭손 가족이 큰딸을 계속 학교에 보낸 것은 순전히 아스트리드의 절친한 친구 마디켄 덕분이었다. 마디켄은 자기 부모님께 아스트리드 부모님을 만나서 설득해 달라고 졸라 댔고, 마침내 이 일을 성사시켰다.

아스트리드는 입학 시험에 통과했고, 그 뒤 6년 동안 주로 독일어와 영어, 프랑스어 등의 외국어를 배운다. 오빠 군나르도 선생님 권고대로 상급 학교에 진학했지만, 아스트리드와 달리 그는 진학을 그리 탐탁히 여기지 않았다. 그가 진학을 받아들인 것은 순전히 상급 학교의 멋진 축구장 때문이었다.

아스트리드는 학교를 사랑했다. 그녀는 일찍이 독일어 수업에서 두각을 나타냈다. 선생님은 거의 빠짐없이 그녀가 쓴 활기찬 글들을 뽑아 학생들 앞에서 발표하게 했다. 어떤 작문은 빔메르뷔의 지역 신문에까지 실렸다. "학창 시절부터 친구들은 저를 치켜세웠어요. '넌 어른이 되면 언젠가 작가가 될 거야'라고요. 미래를 내다보고 예언이라도 하는 것 같았어요. 아니면 '넌 빔메르뷔의 셀마 라겔뢰프(『닐스의 신기한 모험』을 지은 스웨덴 작가. 1909년 여성으로서 첫 번째 노벨문학상을 수상했다. 1858~1940)가 되겠구나' 하면서 못마땅한 듯 투덜거리는 목소리도 있었어요. 이런 말에 저는 지레 겁을 먹고는 무슨 일이 있어도 작가는 되지 않을 거라고 아무 생각 없이 결심했어요."[12]

상급 학교에 진학한 아스트리드는 학교 도서관에서 새로운 종류의 책들을 만난다. 『톰 아저씨의 오두막집』, 『보물섬』, 『정글북』, 『그리스 로마 신화』, 『톰 소여의 모험』이나 『허클베리 핀의 모험』 같은 책들이다. 소설 속 주인공들의 삶은 아스트리드와 스티나 그리고 마디켄에게 고스란히 전달되었다. 아스트리드는 특히 루시 M. 몽고메리의 고아 소녀에 관한 소설 『에이번리의 앤』을 사랑했다. 이 소설은 아스트리드 린드그렌의 작품들에 여러 흥미로운 흔적들을 남겼다. 『에이번리의 앤』은 여름 내내 아스트리드와 그 친구들에게 최고의 놀이가 되어 주었다.

이렇게 네스에서 보낸 행복한 시절은 어느 날 갑자기 막을 내린다. 아스트리드는 이렇게 적었다. "열세 살 적 여름이 기억나요. 더 이상 놀이를 할 수 없는 나 자신을 발견했어요. 그렇게 결론을 내릴 수밖에 없었어요. 더 이상은 안 됐어요. 너무나 당혹스럽고 슬펐어요." 13)

2. 유년의 천국에서 추방되다

　아스트리드 린드그렌의 삶에서 사춘기는 쓰라린 전환점이 되었다. 그때껏 마음속 깊이 간직하고 사랑해 온 놀이의 환상 세계는 멀어져 버렸다. 자신도 알아채지 못하는 사이에 갑자기 현실 세계가 들이닥쳤다. 그래도 아직까지는 학교나 가족 같은 몇몇 의지할 만한 것들이, 무엇보다 책이 그녀의 생활을 지탱해 주었다. 하지만 수많은 감정이 새롭게 밀려들었다. 아직은 마음대로 조절할 수 없는 낯선 감정들이었다.

　"어렸을 때는 정말 행복했지만 이 시기에는 어른이 된다는 게 슬프고 피곤하게만 느껴졌어요. 몹시 불안했어요. 내가 너무 못생겨서 어느 누구도 나와 사랑에 빠지지 않을 거라고 굳게 믿었으니까요. 그래서 더욱 슬퍼졌고, 이 사실은 뼈저린 고통이 되었어요. 책을 읽는 것만이 유일한 위안이었죠. 손에 넣을 수 있는 것은 닥치는 대로 읽었고, 이 습관은 평생 유지되었어요. 아직 글을 쓰기 시작하지 않은 때였죠. 정말로 난 무엇이 되고 싶은지 알 수 없었고, 그래서 무척 슬펐어요." [1)]

아스트리드는 새로운 정체감을 찾아 나선다. 이제 '어른 되기'라는 텅 빈 단어를 살면서 온전히 채워 나가야 했다. 온 힘을 다해 부모님 세계에서 자신만의 세계를 떼어내는 일이 무엇보다도 절실하게 다가왔다. 그러나 아직도 한 발은 불러뷔(『떠들썩한 마을의 아이들』의 배경이 되는 마을로, 자연에 둘러싸인 아이들의 자유로운 천국을 상징한다.)에 담그고, 또 한 발이 이치를 알 수 없이 돌아가는 새로운 세상에 담그고 있다면, 그것은 결코 쉬운 일이 아니었다.

어렸을 때 아스트리드는 조금도 반항적이지 않았다. "기억할 수 있는 한, 난 엄마에게 딱 한 번 반항했어요. 꽤 어렸을 때, 그러니까 서너 살쯤 되었을 때였어요. 어느 날 엄마 때문에 몹시 화가 나서 화장실로 도망가기로 마음먹었어요. 물론 그렇게 오래 나가 있을 생각도 아니었지만, 집에 다시 들어서니 다른 형제들이 엄마한테서 사탕을 받고 있었어요. 너무 불공평하다 싶어 엄마 쪽으로 대들듯 다가갔어요. 그런데 엄마가 그 순간 저를 방으로 끌고 갔고, 거기서 한 대 얻어맞았어요."[2]

아니었다. 세월이 흘러 아스트리드가 쓴 글에 나타나듯이, 한나 에릭손은 항상 이해심 넘치고 인내심 많은 엄마는 아니었다. 아스트리드의 어린이책에서 아이들이 화가 치밀어 집을 나가는 장면이 두 번 등장하는데, 이 장면들은 확실히 우연히 생긴 것이 아니다. 그러나 두 장면 모두 작가 자신이 직접 겪은 것보다 더 아름다운 결말을 맺고 있다. 부모들은 아이에게 화해를 청하고, 아이들은 자존심에 상처를 입지 않고 집으로 돌아올 수 있었다.[3]

"아스트리드는 …… 어렸을 때 엄마가 자신을 한 번 꼭 안아준 일을 기억하고 있었다. 오랜 여행을 마치고 돌아왔을 때였는데, 그녀는 이 포옹을 결코 잊지 않았다."[4] 나중에 사귄 친구 마르가레타 스트룀스테트의 말이다.

24년 동안 네스에 살면서 가축우리를 돌본 스벤손의 손녀 마야와 마찬가지로 네스의 다른 사람들도 한나를 매우 차가운 사람으로 여겼다. "우리는 그녀를 끔찍하리만치 정중하게 대했어요. …… 그녀는 결코 자기 의견을 바꾸는 일이 없었어요. 언제든지 모든 일을 자신이 마음먹은 대로 매듭지을 수 있었어요. 난 네스를 떠날 때 한나를 꼭 껴안아 보고 싶었지만, 그건 감히 꿈도 꾸지 못할 일이었지요."[5]

한나는 완벽한 주부였다. 그녀는 스몰란드 식의 검소함을 몸소 실천하면서 아이들에게도 그런 생활 태도를 물려주었다. 빵을 쌌던 종이는 꼼꼼하게 주름을 펴서 보관했고, 달걀을 먹고 난 그릇은 손가락으로 훑어 먹었다. 또 한나는 하녀 앞에서 각설탕 수를 직접 세어 보인 적도 있다. 그 하녀가 들판에서 일하는 하인들에게 날마다 커피를 날라다 주었는데, 각설탕을 제대로 세지 않아 얼마나 많은 설탕을 허비했는지를 보여 주기 위해서 말이다.

한나 에릭손은 인정이 많기보다는 유능한 성격이었고, 당시 누구나 그랬듯이 아이들을 한없이 너그럽게 받아 주지는 않았다. "아스트리드의 엄마는 매우 강하고 엄격한 데다 대단히 종교적이었어요. 아이들한테 끔찍할 정도로 엄했지만, 아이들은 모든 것을 순순히 받아들였어요."[6] 마리안네 에릭손의 말이다. 그녀는 아스트리드와 함께 부모님에 대한 이야기를 나누었다.

감정을 자유롭게 드러내고 전형적인 행동 규범에 얽매이지 않은 사람은 아버지, 바로 사무엘 아우구스트였다. 사무엘 아우구스트는 집에 돌아오면 가장 먼저 "내 마누라 어디 있나?"라고 물었다. 그는 아내를 깊이 사랑했을 뿐 아니라 아이들과도 정서적으로 친밀했다. 그래서인지 아스트리드 린드그렌의 작품 속에서 엄마보다 더욱 다채롭게 그려진 아빠를 여럿 발견하게 된다. "아스트리드의 책들은 엄마한테 별 관심이 없죠"[7]라며 그녀의 친구들은 한목소리를 낸다.

사무엘 아우구스트는 내면의 반항적인 요소와 조화를 향한 소망을 하나로 아우른 인물이었다. 그는 "소박하면서도 예리했다. 그는 다른 사람들 말을 무조건 따르지 않으면서도 동시에 친절했다. 또 주변 사람들 사이에서 상당한 존경심을 불러일으켰지만, 아무도 그 앞에서 두려움을 갖지는 않았다. 그는 탁월한 사업 감각을 갖춘 동시에 관대했다. 적극적이고 외향적이며 부지런했고, 공감할 줄 알며 미묘한 차이가 있는 다양한 인간 관계에도 개방적이었다. 전형적인 현실주의자이며 몽상가."[8] 이런 점에서 아스트리드는 그와 닮았다.

아스트리드가 어른이 되어 자신의 애송이 아가씨 시절에 대해 설명한 것을 보면, 누군가가 자기를 사랑하기나 할지 무척 불안했던 것 같다. 그렇지만 친구들이 자신을 알아주고 애정과 관심을 쏟아 주기를 바라는 마음 또한 간절했다. 이 소망은 용기를 내어 부모님께 반항하도록 부추겼고, 얼마 지나지 않아 이 소녀는 당시의 관습을 별 볼 일 없는 것으로 치부하게 된다.

"난 짧은 시간 동안 엄청난 변화를 겪었고 금세 재즈뵈나가 되었어요. 당시 사람들이 그렇게 불렀어요. 행복했던 1920년대에 재즈가 탄생할 무렵 거의 동시에 생겨났으니까요. 난 머리를 짧게 잘랐고, 그 일은 전통을 고집하던 부모님께 더할 나위 없는 충격이었죠."[9]

머리를 자르고 나서 아스트리드는 아버지가 새 머리 스타일을 받아들일 마음의 준비를 할 수 있도록 빔메르뷔에서 전화를 건다. 뒤늦게 아버지의 반응에 대해 두려움이 일었기 때문이다. 아버지의 반응은 가혹했다. "'그래, 그렇다면 집에 돌아오지 않는 편이 낫겠구나.' 아버지는 가라앉은 목소리로 대답했어요. 그리고 내가 집으로 돌아와 부엌 의자에 앉자, 주변에는 정적이 흘렀죠. 어느 누구도 뭐라 얘기할 엄두를 내지 못했어요. 식구들은 입을 꾹 다물고 내 주위에서 서성거렸어요."[10]

아스트리드 에릭손은 빔메르뷔에서 이런 행보를 과감하게 내디딘 첫 번째 젊은 여성이었다. 길에서 마주치는 사람들은 아스트리드에게 모자를 벗어 짧게 자른 머리를 보여 달라고 부탁했다. 바로 그 무렵 프랑스 작가 빅토르 마르그리트는 소설 『라 가르손』(La garçonne. garçon은 '소년'이라는 뜻의 프랑스어로 le와 결합하는 남성 명사지만, 여기에 여성 정관사 la와 여성 어미 -ne를 결합해

양성성을 상징하는 신조어로 만들었다.)에서 새롭고 당돌하며 양성
적인 소녀형을 그렸다.

"그때 전 온 세상 모든 여자아이들이 '라 가르손'처럼 보이고
싶어 한다고 생각했어요. 어쨌거나 전 그렇게 했어요. 남자처럼
머리 모양을 낸 제 머릿속에 뭔가 하나라도 이성적인 생각이 들
어 있었는지는 잘 기억이 나질 않네요."[11]

친구 안네 마리의 생일에 찍은 사진을 보면, 갓 열일곱 살 된
안네 마리는 원피스를 입고 손에 꽃을 든 채 웃으면서 의자에 앉
아 있다. 반면 아스트리드를 포함한 네 친구들은 그 아래서 남자
양복을 입고 주인공을 둘러싸고 있다. 고개를 뒤로 젖히고 모자
를 쓴 아스트리드의 모습은 도전적이면서 조소하는 듯한 인상을
풍긴다. 그저 사진을 찍기 위해 취한 자세에 지나지 않았을까? 아
니면 자립을 꿈꾸는 그녀의 당돌함이 드러난 것일까?

아스트리드는 여전히 쉬지 않고 책을 읽었다. 그때 결코 가치
있는 책만 읽은 것은 아니라고 그녀는 솔직하게 인정했다. 저속
한 소설들을 수없이 읽었고 『무사의 제왕』이나 『강철 주먹의 사
나이』 같은 제목을 단, 핏방울이 뚝뚝 떨어지는 잔인한 이야기들
과, 싸구려 인디언 소책자나 말러(Hedwig Courths-Mahler. 독일 통
속문학의 대표로 소시민적 무산계급을 지향한 여성소설의 장을 연 여성

문인. 1867~1950)의 소설들도 읽었다.

그와 더불어 쇼펜하우어나 도스토예프스키, 니체도 알게 되었다. 아직은 이해할 수 없는 수많은 내용들이 스며들지 못한 채 흘러가 버렸다. 정치 문제나 사회적 질문 따위에는 관심이 없었다. "오로지 나 자신에 대해서만 생각했어요. 빔메르뷔에도 사회 문제나 정치 문제에 깊은 관심을 가지고 있는 청소년들이 있었겠지만, 그런 아이들을 만나 본 적은 없었어요. 나처럼 책읽기에 빠져 있는 친구들조차도 만나 보지 못했어요." [12]

아스트리드는 새로운 볼거리를 찾아 자주 영화관에 갔다. 그레타 가르보가 막 영화계의 신데렐라로 각광받고 있을 무렵이었다. 빔메르뷔에는 영화관이 두 개 있었는데, 매주 프로그램을 바꿔 상영했다. 빔메르뷔 같은 작은 도시에 연극을 공연하는 공연장은 없었다. 그러나 여름이면 정기적으로 유랑극단이 찾아왔다. 이 극단들은 대부분 「거지 학생」 같은 오페라 소품을 공연하거나, 아니면 아마추어 극단이 등장해 환호 속에서 공연을 이끌곤 했다. 아스트리드도 그곳에 갔겠지만, 이에 대해 한 번도 설명한 적은 없다.

토요일 저녁이면 젊은이들은 빔메르뷔 시내의 호텔로 춤을 추러 갔다. 이 호텔은 오늘날에도 변함없이 이 작은 도시의 시장터에 자리하고 있다. 젊은이들은 여름이 되면 농가 근처의 '춤 마당'에서 만났다. 물론 수도 없이 모기한테 시달려야 했지만, 이곳에선 아코디언 소리가 멋지게 울려 퍼졌다. "누군가가 함께 춤을 추자고 청해 올지 그렇지 않을지 떨리는 마음 때문에 무척 흥분됐어요. 게다가 엄마가 허락한 시간보다 더 늦게 집에 돌아가면 뭐라고 하실까 걱정되어 긴장이 더했고요." [13]

친구 마디켄은 빔메르뷔에서 멀지 않은 린셰핑에 방을 구해 김나지움(고등 인문교육을 위한 상급 학교)에 진학하지만, 아스트리드 에릭손은 1923년 '중등학교 시험'을 끝으로 학교 생활을 마치고 집에 머물게 된다. 그녀는 이제 열일곱 살이 되었고, 무엇을 해야 할지 아직 알지 못했다. 그러자 한나는 곧장 맏딸이 제대로 된 요리법과 살림법을 배워야 한다고 결정했다. 아스트리드는 이런 결정에 만족했다. 아직 직업을 가져야 한다는 압박은 조금도 느끼지 못하는 상태였다.

이 무렵 지역 신문 『빔메르뷔 티드닝엔』의 편집장이 아스트리드에게 견습 자리를 제안한다. 그녀가 항상 멋진 글들을 써 왔기 때문이다. 아스트리드는 제안을 곧장 받아들인다. 사실 그녀가 더 하고 싶었던 건 요리가 아니라 글쓰기였다.

날마다 네스에서 시내까지 자전거를 타고 출퇴근을 했고, 기자

생활을 기초부터 배워 갔다. 일은 그리 까다롭지 않았다. 이 신문은 주로 지역의 다양한 소식을 알리고 광고도 실었는데, 대부분 농업과 관련된 소식, 황소나 말 또 가축 사육 단체들에 관한 소식, 그리고 결혼이나 생일, 장례식에 관한 소식 들이었다. 그리고 살인 사건처럼 긴장할 만한 일이 벌어지면, 편집장이 스스로 그 사건과 관련된 기사를 썼다. 그럼에도 아스트리드는 일이 즐거웠고, 그 과정에서 많은 것들을 배웠다. 자료 조사하기, 마감 시간에 맞춰 기사 쓰기, 교정본 읽기 같은 것들이다. 기사 내용이 조금만 더 흥미진진했더라면!

얼마 되지 않아 아스트리드는 공고 문안이나 장례 문안 따위는 꿈속에서도 쓸 수 있을 정도로 숙달되었다. 그리고 마침내 기쁨의 순간이 찾아왔다. 빔메르뷔와 외스테르뷔모 구간의 철도 개통식에 파견된 것이다. 아스트리드는 어느새 온갖 지역에서 모여든 기자들 사이에 섞여 있는 자신을 발견했다. 그러나 철도 회사 사장은 남자 기자들한테만 인사를 건네며 식사에 초대했다. 유일한 여자였던 아스트리드는 수줍음을 무릅쓰고 기자들 사이에 끼어들기 위해 문 앞에서 서성이며 기다렸다.

『빔메르뷔 티드닝엔』 편집부에는 아스트리드와 편집장 단 두 사람밖에 없었다. 그래서 아이와 부인까지 있는 기혼의 중년 남자와 견습생 사이에 연애가 시작되었다는 사실은 끝까지 드러나지 않았다. 둘의 관계가 어떻게 시작되었고, 무엇이 둘 사이를 끌어당겼는지, 그들 사이에 사랑이나 신뢰가 얼마나 큰 역할을 했는지에 대해 두 사람 모두 공개적으로 밝힌 적이 없다. 그러나 어느 날 갑자기 열여덟 살짜리 아스트리드 에릭손이 임신을 하게된 것만은 사실이다. 이 얼마나 말도 되지 않는 일인가! 스몰란드의 작은 도시 빔메르뷔같이 꽉 막힌 세상에서 이런 일은 젊은 여자한테 일어날 수 있는 최악의 사건이었다. 기혼 남자에게서 혼외 아이를 임신하다니!

아스트리드는 이 일을 여러 해가 지나 회상했다. "오늘날에는 결혼 생활을 통하든 통하지 않든 아이가 생길 수 있어요. 그런 일은 아무런 문제도 되지 않아요. 그러나 그때는 달랐어요. 1920년대에 내가 그런 '치욕스러운' 일을 저지르자 온 빔메르뷔가 벌집을 쑤셔 놓은 것 같았어요. 구스타브 바사스가 도시의 특권을 박탈했을 때보다 훨씬 더 심각했죠. 그렇게 오랫동안, 그렇게 끈질기게 여러 사람 입에 오르내린 일은 이제까지 거의 없었을 거예요. 적어도 빔메르뷔에서는 단 한 번도 없었죠. 이렇게 입방아에 오르내리는 일은 꼭 뱀이 똬리를 틀고 있는 곳 한가운데에 누워 있는 듯한 느낌이었어요. 그래서 뱀이 우글거리는 이 소굴을 가능한 한 빨리 떠나야겠다는 결정을 내렸죠. 사람들은 제가 너무나 고귀하고 오래된 전통에 따라 부모님께 내쫓겼다고 믿는 것 같지만, 그런 건 절대 아니었어요. 저 스스로 제 자신을 집 밖으로 내온 겁니다. 힘 좋은 말이 열 마리라도 제 걸음을 막을 수는 없었을 거예요."[14]

뒷날 유명한 작가가 되어서 그녀가 이 사건을 낱낱이 해명하려 들지 않았음은 물론, 이 일에 이런저런 논쟁이 벌어지는 것 또한 보고 싶어 하지 않았다. 어쩌면 당연한 반응이었을 것이다. 그럼에도 불구하고 오늘날 관점에서 네스를 떠난 것이 과연 자발적 결정이었는지, 아니면 타의에 의한 것이었는지 되묻지 않을 수 없다.

부모님은 말할 수 없이 실망했다. 한나는 더욱 그랬다. 아스트리드의 친구 셰르스틴 크빈트는 오늘날 이렇게 덧붙였다. "그녀가 집을 떠나려 했던 게 자기 생각이었는지, 아니면 부모님 뜻이었는지는 잘 모르겠어요. 어쨌거나 아스트리드는 부모님 체면을 깎아내렸죠. 딸을 떠나보내기로 결정한 건 아무래도 엄마였을 것 같아요."[15]

셰르스틴 크빈트는 아스트리드 린드그렌을 50년 동안이나 알고 지냈다. 처음에 둘은 직장 동료였고 시간이 지나면서 둘도 없는 친구가 되었다. 그녀는 나를 스톡홀름의 캄마카르가탄 사무실에서 맞아 주었다. 이곳은 요즘 들어 그녀가 스벤 노르드퀴스트 같은 유명한 작가들을 대리하는 사무실이다. 그녀는 여러 해 동안 침묵으로 일관해 온 사실들에 관해 이야기를 시작한 첫 번째 사람이다.

아스트리드는 어떠한 경우에도 아이를 낳았겠지만, 아이 아빠가 되는 사람과 절대 결혼하지 않았을 거라고 평생 주장했다. 그렇지만 이 말은 온전한 진실이 아닐 수도 있다. 이미 결혼한 한 가족의 가장과 다시 결혼하는 것은 어차피 불가능했을 것이다. 게다가 그 당시 파혼은 처벌이 뒤따르는 범법 행위로 취급되었다. 이런 연애 사건은 사람들 이목을 피해 어떻게든 가려져야 하는 것이었다.

"아스트리드가 결혼 생활을 침범하게 된 거죠." 셰르스틴 크빈트가 말을 이었다. "그녀는 빔메르뷔를 떠나지 않을 수 없었어요. 그러지 않으면 아마도 엄청난 돈을 그 남자 부인한테 줘야 했을 거예요. …… 당시 스웨덴 법이 그랬어요. 이 남자에겐 자식들이 있었어요. 결혼해서 얻은 아이들도 있고 그 밖에 다른 자식들도 있었죠. …… 아스트리드는 그 남자와 조금도 연결되고 싶어 하지 않았어요. 그녀는 반복해서 그에 관한 질문을 받았어요. '너도 분명히 그 남자를 사랑했을 거야. 최소한 얼마 동안만이라도.' 이런 식으로요. 그렇지만 그녀는 시인하려 들지 않았어요."[16]

아스트리드는 바람둥이한테 홀려서 속았다고, 심지어는 자기 의지에 반해 농락당했다고 느꼈던 것 같다. 어떤 이유 때문에 그녀가 빔메르뷔를 떠나기로 마음먹었는지는 아무래도 좋다. 아스트리드 에릭손은 이 어려운 시기에 대단히 용감했다. 그녀는 그 일의 결과를 스스로 책임지고자 했다. 혼자서 아이를 돌보려 했고, 반드시 해내겠다고 굳게 마음먹었다.

3. 끝없이 그리움에 빠져들다

이제 아스트리드는 자신이 걸어갈 길을 스스로 선택해야 했다. 그때까지는 모든 것이 손쉽게 주어졌다. "난 내가 무엇을 하려는지 알지 못했다. 전에는 다른 사람들이 모든 것을 마련해 놓았다. 그때까지 단 한 번도 그렇게 하고 싶지 않다고 자의식을 가지고 말한 적이 없었다." [1]

그러나 이제는 자신의 아이를 책임져야 했고 출산 시기가 점점 다가왔다. 어디서 아이를 낳고, 또 어떻게 키우지? 아스트리드는 스톡홀름의 한 상업학교에서 비서 양성교육을 받기로 결정한다. 아이를 낳을 때까지 남은 시간을 최대한 의미 있게 쓰기 위해서였다. 독일어, 영어, 프랑스어는 학교에서 이미 배웠고, 이제 비즈니스 영어와 스웨덴어, 영어 속기술과 타자 치기를 익힐 것이다.

아스트리드는 가구가 딸려 있는 값싼 하숙집에 방을 구했다. 이 집에는 농촌에서 올라온 소녀들이 살고 있었는데, 아스트리드와 마찬가지로 수도 스톡홀름에서 행운을 잡고 싶어 했다. 그때까지 소녀들은 아스트리드의 임신 사실을 조금도 눈치채지 못했다. 이제 곧 엄마가 될 아스트리드는 갈수록 점점 더 절망에 휩싸였다. 신문에서 변호사이자 여권론자인 에바 안덴에 관한 기사를 읽기 전까지만 해도 그랬다. 아스트리드는 모든 용기를 모아 변호사를 찾아갔다.

에바 안덴은 아스트리드의 설명을 듣고 상당히 당황했다. "그녀는 내게 반복해서 물었어요. '정말 혼자서 이 상황을 헤쳐 나가려는 거예요? 이 일에 대해 의논할 수 있는 사람이 한 사람도 없단 말이에요?' '네, 없어요.' 나는 이렇게 대답하고는 거리낌 없는 눈빛으로 그녀를 똑바로 바라보았어요. 그 변호사는 내가 어떤 상황에 내몰려 있는지 알 턱이 없었죠. 절대 흔들리는 모습을 보이지 말자!"[2]

이 시기에 부모님과 어떤 식으로 연락을 하며 지냈는지 아스트리드는 한 번도 말한 적이 없다. 부모님이 돈을 조금씩 보내 주어 큰딸을 돌봐 주었을까? 모든 것이 뜻대로 되지 않으면 집으로 돌아오라고 말해 주었을까?

어쨌거나 변호사는 아스트리드에게 코펜하겐에 있는 링 병원을 소개해 준다. 이 작은 병원은 스칸디나비아 반도 전체에서 신생아를 출생과 동시에 자동으로 호적에 올리지 않는 유일한 곳이었다. 이곳에서는 그 누구도 아이 아버지의 이름을 묻지 않았다. 게다가 아스트리드가 출산을 앞두고 며칠 묵을 수 있는 집까지 알선해 주었다. 이렇게 알게 된 집에서는 아스트리드가 낳은 아이를 맡아 키워 주기로 약속되어 있었다.

1926년 12월 4일, 마침내 라르스 에릭손이 태어났다. 아스트리드는 아들을 라세라는 애칭으로 불렀다. 엄마로서 누릴 수 있는 행복의 순간은 정말이지 잠시뿐이었다. 겨우 2주가 지났다. 아스트리드는 코펜하겐을 떠나 마치 아무 일도 없었던 것처럼 스톡홀름으로 돌아왔다.

라르스는 사랑이 넘치는 스테벤스 여사의 손에서 3년 동안 자라났다. 이 여성은 초등학교에 다니는 아들과 양자 한 명을 키우고 있었다. 나이 어린 라세와 달리 아스트리드에게는 매우 힘겨운 시간이 시작되었다. "라르스는 이때 잘 지내고 있었어요. 그와 반대로 제게는 쉽지 않은 시간이었죠. 전 스톡홀름에 있어야 했고 비서 양성교육을 마쳐야 했으니까요. 일을 찾아 돌파구를 마련해야 했어요. 그래야 라세가 제 곁에 올 수 있을 테니까요. 이 시절을 버텨 내기 위해 엄청난 노력을 쏟아부어야 했어요. 이 무렵은 너무나 멀리 떨어져 있는 아이를 끝없이 그리워하며 궁핍한 생활에 시달리던 때였어요."[3]

1927년 봄, 아스트리드는 매우 우수한 성적으로 교육을 마쳤고, 두 번째 응시에서 통과하여 곧장 일자리를 얻었다. 이 자리를 제공한 사장은 두 번 다시 젊은 여성을 고용하지 않겠다고 굳게 마음먹고 있던 참이었다. 아스트리드의 전임자가 젊은 여성이었는데, 훌륭한 비서의 자질을 제대로 갖추지 못했기 때문이었다. 대신 그 전임자는 자라 레안데르(Zarah Leander. 스웨덴의 유명한 배우이자 가수로 독일과 스칸디나비아에서 왕성한 활동을 펼쳤다. 1907~1981)로 불리며 뒷날 국제 영화계의 별로 떠오른다. 아스트리드는 맡겨진 일들을 잘 해낼 거라는 강한 신뢰감을 주었고, 스웨덴 도서거래중앙회 라디오 판매부서에 고용된다. 일이 특별히 흥미롭지는 않았지만 동료들 사이가 좋았다. 시간이 흐르면서 이들과 어느덧 돈독한 관계를 맺게 된다.

그러나 아스트리드는 라르스를 낳고 몇 달 동안이나 외로움과 우울함에 몸서리쳤다. 오빠 군나르에게 보낸 편지에서 아스트리드는 다음과 같이 적었다. "난 외롭고 가난한 것 같아. 외로운 건 내가 그냥 외로운 인간이니까 그렇고, 가난한 건 재산을 몽땅 털어 봐야 1외레짜리 덴마크 동전 한 푼뿐이니까 그래."[4]

이런 어조는 아스트리드의 편지에서 전형적으로 드러나는 특징이다. 나중에 아스트리드의 인터뷰나 수많은 책에서도 이런 말투가 반복해서 등장한다. 아스트리드는 고통스럽지만 우스꽝스러운 방식을 통해서만 자신의 불행을 다른 사람 앞에서 털어놓을 수 있었다. 할 수만 있다면, 자신의 처지에 대해 아무 말도 하고 싶지 않았고, 모든 관심과 생각을 다른 곳으로 돌리고 싶었다. "사무실에서 보내는 하루하루는 그럭저럭 흘러갔다. 그렇지만 수많은 일요일은 언제나 텅 비어 있었고 또 슬펐다. 책의 도움을 받아야 가까스로 일요일을 견딜 수 있었다."[5]

어느 일요일, 산책에 나선 아스트리드는 우연히 스톡홀름의 시립도서관을 발견하고 행복감에 흠뻑 젖는다. 이 크고 둥근 건물에 즐비한 수많은 책들을 마음껏 이용할 수 있다니! 그저 손을 뻗어 책을 잡기만 하면 되었다. 이제 그녀는 책을 높이 쌓아 들고 대출대 앞에 서서 새로운 보물들을 빌리려 했다. 그런데 한 젊은 사서가 먼저 도서대출증을 만들어야 책을 빌려 갈 수 있다고 친절하게 설명해 주었다.

"그건 정말 내가 감당할 수 없는 실망이고 충격이었어요. 감정을 억누를 수가 없었어요. 너무나 부끄러웠지만 눈물이 터져 나오고 말았어요. …… 사서는 놀라기도 하고 또 조금은 거북해져서 나를 쳐다보았어요. 이런 문학적 감성이 좀 지나치다고 여겼겠지요. 하루 종일 책도 사람도 없는, 길고 긴 외로운 일요일이 내 앞에 펼쳐진다는 걸 그 사람이 알 턱이 없었죠. …… 물론 책에도 굶주려 있었지만 먹을 것에도 몹시 굶주려 있었나 봐요. 눈물이 점점 더 빠르게 흘러내렸어요."[6]

이 시기에 수많은 이별을 겪은 아스트리드가 얼마나 버려진 듯한 느낌에 사로잡혀 있었을지 상상하기는 어렵지 않다. 가족에서 떨어져 나와야 했고, 고향 네스와 아들 라르스와도 헤어져야 했으며, 어쩌면 사랑에 대한 모든 환상과 이별해야 했을지도 모른다. 어른이 되는 법을 배울 수 없었던 이 젊은 여성은 한 걸음 한 걸음씩 자기 삶을 책임지는 길로 나아가는 대신, 어쩔 수 없이 직장을 가져야 하는 엄마 역할로 내몰렸다. 돈 때문에 끝없이 고민했고, 아이를 낯선 이에게 넘겨주었다는 죄책감에 시달렸다. 그러나 아스트리드는 무너지지 않으려고 온 힘을 다한다.

"여러 해 동안 난 뼈 빠지게 일했고 음식도 조금밖에 먹지 못했다. 그러면서 생각하기 시작했고, 내가 사는 세상이 원래 갖춰야

할 모습과 완전히 딴판이라는 사실을 깨닫기 시작했다. 거의 모든 것이 잘못되어 있었다. 그리고 사람들은 불행했다. 스트린드베리(August Strindberg. 스웨덴의 유명한 극작가이자 소설가, 수필가. 1849~1912)를 읽었는데, 그는 사람들이 불쌍하고 애처롭다고 말했다. 내 생각도 그랬다. 난 나이 어린 한 소녀와 함께 가구가 딸린 방에 세 들어 살고 있었는데, 우리는 세상에 실타래처럼 얽혀 있는 문제들을 함께 풀어 보았다. 그리고 사람들이 더 이상 살아남지 못할 것 같다는 결론에 이르렀다. 우리는 거의 날마다 삶을 그만두기로 결심했다. 그러나 그 일을 늘 다음 날로 미뤘다. 아직 정치적으로는 생각하지 못했지만, 나는 곧 사회 문제에 관심을 갖게 되었다."[7]

아스트리드는 이러한 문제를 절실히 느꼈다. 회사에서 경리 일을 맡은 어린 비서들은 시골에서 올라와 하숙집에 살면서 똑같은 문제로 신음하고 있었다. 그들은 가까스로 목숨을 이어 간다고밖에 할 수 없는 처지에 놓여 있었다. 월급이 너무 적어서 정말이지 단 한 번도 배불리 먹을 수가 없었다. 이러한 저임금 현상에는 특별한 이유가 있었다. 부모님 집에 살며 보살핌을 받는 스톡홀름 시민층의 젊은 여성들이 결혼하기 전까지 비서직에 몰려들어 임금을 낮게 유지시켰기 때문이다. 노동조합을 결성하고, 나아가 파업까지 하려던 초기의 시도들은 이 상황을 낳은 경쟁자들의 저항에 부딪혀 모두 물거품이 되었다. 동료들과 연대하여 모두에게 이로운 대안을 내오려던 시도에 대해 회사는 오로지 해고라는 반응으로 일관했다.

그나마 아스트리드에게는 잠시이긴 하지만 함께 방을 쓴 쾌활한 친구 군이 있었다. 군 역시 비서로 일했다. 아스트리드는 정기적으로 집에 보내는 편지에서 하숙방이 얼마나 형편없는지, 집주인들이 얼마나 불친절하고 인색한지 이야기했다. 한번은 하숙집 여주인이 묻지도 않고 군의 소파를 다른 하숙생 방으로 옮겨 버렸다. 침대보도 겨우 봐줄 수 있을 정도로만 깨끗했다. 아침 식사를 포함한 방값이 125크로나로 올랐기 때문에—아스트리드는 당시 150크로나 정도 벌었다—둘은 아침 식사를 포기한다. 그러다 군이 일자리를 잃자 둘은 새로운 거처를 찾아 나선다. 새 거처는 정말 예뻤고 현대적 감각에 맞게 잘 꾸며져 있었다. 이 젊은 여성들은 엄청나게 "세련된 화장대", "마음에 쏙 드는 거울"이 딸린 화장실 장과, "귀엽고 조그마한 바느질 탁자", 그리고 금술이 달린 벨벳 소파에 감격한다.[8]

우리는 그녀의 부모님이 딸의 편지를 읽고 무슨 생각을 했는지 알지 못한다. 맏딸이 자신들 도움 없이 이 상황을 마주해야 한다는 사실에 죄책감을 느꼈을까? 손자를 안아 볼 수 있을지, 그렇다면 언제가 될지 생각에 잠기곤 했을까? 한나와 사무엘 아우구스트가 딸을 돌본 것은 확실하다. 그들은 스톡홀름에서 혼자 버티는 것이 얼마나 힘겨운지 잘 알았지만, 먹을거리를 부쳐 주는 것말고는 달리 할 수 있는 일을 알지 못했다. 부모님이 보내 주신소포는 아스트리드의 기분을 한껏 북돋워 주었다. "집에서 오는소포 없이는 도저히 버텨 낼 수 없을 것이다. 머릿속에 다른 생각은 다 접어 놓고 오로지 소포 생각만 하고 지낸다. 그러다 마침내소포를 받으면 좋아서 어쩔 줄 몰라 하는 어린아이처럼 된다." [9]

한번은 먹을 것이 담긴 소포 바닥에 이다 할머니가 보낸 1크로나가 놓여 있었다. "이 돈으로 전철을 탈지, 50외레를 보태 미용실에 갈지 한참 동안 고민했어요. 그러다 커피랑 군것질거리를사 먹는 데 재산을 다 날려 버리고 말았지요. 정말 정말 감사해요. 사랑하는 할머니!" [10]

네스와 그곳에서 보낸 어린 시절의 기억은 스톡홀름의 고달픈현실과 대비되어 더욱 아름답게 채색되었다. 이 시기에 아스트리드의 마음속에 '불러뷔'라는 세계가 완성된 형태를 갖추고 깊게 자리 잡는다. 어린 시절에 관한 그림들이 조각조각 이어져 평생 동안 언제라도 생생하게 떠올릴 수 있는 모양을 갖춘 것이다. 무엇보다도 크리스마스를 앞두고 느꼈던 아늑한 느낌이 또렷이 되살아났다. 아스트리드는 가족과 함께 크리스마스를 보내는 것이 너무나 재미없었다는 두 친구의 말을 듣고, 그날 저녁 책상 앞에 앉아 부모님께 긴 편지를 썼다.

스톡홀름 생활에도 활기찬 면이 있었다. 일이 끝나고 저녁이면 자주 동료들과 한자리에 모여 자작 노래와 춤으로 정치 상황을 풍자한 공연을 열었다. 아스트리드는 이 모임에서 명랑하고 익살맞은 젊은 여자 역할을 맡았다. 나중에 아스트리드 린드그렌이 쓴 세 권의 카티 소설(우리나라에는 『바다 건너 히치하이크—미국에 간 카티』, 『아름다운 나의 사람들—프랑스에 간 카티』, 『베네치아의 연인—이탈리아에 간 카티』로 번역되었다.)에서, 독자들은 당시 스톡홀름에서 일하던 나이 어린 비서의 일상이 어땠는지 읽을 수 있다.[11]

이 무렵 그녀가 쓴 편지들에서 보이듯, 카티 시리즈는 가볍고 자조적인 어조를 띠고 있다. 또한 책 속의 수많은 일들은 실제 사건을 바탕으로 한다. 예를 들어 자기 방으로 침입하는 이야기가 그렇다. 닫힌 문 앞에서 열쇠를 찾지 못하자 카티, 그러니까 아스트리드가 감행하는 일이다. 부엌 가스 불에서는 절대로 타 버리면 안 될 맛있고 값진 점심거리가 지글지글 끓고 있다. 이 순간 카티는 목숨을 걸고 건물 벽을 기어올라 창문을 넘어 집 안으로 들어간다.

아스트리드의 삶은 생의 의욕이 넘치는 카티의 삶과 아주 다른 점이 하나 있었다. 바로 아이를 덴마크에 떼어 놓고 있다는 사실이었다. 아스트리드는 돈이 모이기만 하면 라르스를 만나려고 코펜하겐으로 떠났다. 그렇지만 고용인은 일요일만 쉴 수 있었기 때문에, 코펜하겐에서 하룻밤 묵으려면 토요일에 휴가를 내야 했다. 드디어 차표를 살 수 있는 돈을 모았지만, 휴가를 허락해 줄 상사가 자리를 비운 상태였다. 라르스를 향한 그리움은 감당할 수 없을 만큼 차올랐고, 그녀는 무슨 일이 있어도 여행을 미루려 들지 않았다. 아스트리드는 상사의 허락 없이 자리를 뻐져나와 기차역으로 향하던 길에서 상사와 곧장 마주쳤다. 일자리를 잃어버릴 수 있음을 예감했지만, 그녀는 코펜하겐을 향해 길을 떠났다. 월요일 아침 사무실에 출근했을 때, 해고 통지가 그녀를 기다리고 있었다.

그래도 직장 사장은 그녀에게 스웨덴 자동차 클럽의 조수 자리를 마련해 주었다. 1928년에는 정규직으로 채용되어 이전 직장에서보다 더 많은 돈을 벌게 되었다. 그녀는 조금 큰 방을 찾아 나섰다. 이제야 조금씩 살림살이가 펴지는 것 같았다.

스물두 살이 된 아스트리드는 레마르크의 베스트셀러『서부전선 이상 없다』를 읽게 되었다. "어른이 된 다음 전쟁에 대해 별로 생각해 보지 않았어요. 전쟁은 이미 오래전에 끝났으니까 계속 생각할 이유가 없었죠. 그런데 전 세계 사람들이 읽던 레마르크의 책을 손에 넣은 거죠. 이 책처럼 제 자신을 송두리째 흔들어 놓은 책은 그때까지 아무것도 없었을 거예요. 저녁마다 침대에 누워 그 책을 읽었어요. 그러고는 이불 속으로 기어 들어가 절망에 사로잡혀 흐느껴 울었어요."[12]

삶을 마칠 때까지 아스트리드의 감정 세계는 두 축 사이를 오갔다. 먼저 자신의 고통을 견딜 뿐 아니라 다른 사람의 고통을 공감하는 태도가 매우 두드러졌다. 그녀는 세상에 전쟁과 비참함, 기아와 폭력이 존재한다는 사실을 외면하지 못했다. 나이가 들수록 이런 문제들에 무감각해지기는커녕 점점 더 고통스럽게 신음하며 자신을 압박해 갔다. 다른 한편, 인생에 대해 보기 드물게 근심걱정 없는 경쾌한 태도를 보이면서 엄청난 집중력으로 생활을 꾸려 갔다.

이제 젊은 엄마로서, 양육의 책임자로서 세상을 바라보는 아스트리드의 눈은 날카로워졌다. 그녀는 미혼모들이 자기가 낳은 아이와 아무런 연락도 하지 않고 지낸다는 걸 알고는 할 말을 잃었다. 아스트리드는 스톡홀름에서 우연히 젊은 여자를 만났다. 그 여자는 자기처럼 코펜하겐에서 아이를 낳았고, 아이를 스몰란드의 한 고아원에 맡겨 두었다. 아스트리드는 아이를 더 자주 찾아가라고 권했지만, 그 엄마는 충고에 귀 기울이지 않았다. 마침내 아스트리드는 직접 그 아이를 찾아 나섰다. 아이가 있는 고아원에서는 오줌 냄새와 배설물 냄새가 풍겨 났다. 아이는 탁아소 병 징후를 보이며 흐릿한 시선으로 울고 또 신음했다. 아스트리드는 심한 충격을 받았다.

이러한 경험은 아스트리드의 여러 소설에 영향을 주었다. 너무나 사랑받고 싶지만 하나의 물건처럼 취급되는 고아가 여러 인물로 다양하게 등장한다. 감수성이 풍부한 고아 소년 라스무스는 양부모가 곧은 머리카락의 남자아이보다 곱슬머리 여자아이를 데려가고 싶어 한다는 사실을 어쩔 수 없이 받아들였다. 미오[13] 역시 양부모가 원래 여자아이를 갖고 싶어 했다는 사실을 잘 알고 있다. 흥미롭게도 아스트리드의 책에서는 이처럼 남다른, 서글픈 경험을 하는 아이들은 한결같이 남자아이다. 아들 라르스가 어떤 식으로든 이러한 설정에 영향을 미쳤을 것이다.

아스트리드는 라르스가 스테벤스 씨 가족들의 보살핌을 잘 받고 있으며, 고아원의 어떤 애들보다 훨씬 더 잘 지내고 있다고 되뇌었지만, 죄책감을 피할 수가 없었다. 코펜하겐에서 양부모와 함께 보내는 라르스의 어린 시절은, 아들에게 선물하고 싶은 불러뷔 같은 천국이 아니었다.

라세를 찾아가면 다행히 아이는 늘 명랑했고, 스테벤스 여사를 '어머니', 아트스리드를 '엄마'라고 불렀다. 라세는 벌써 덴마크어로 곧잘 말할 수 있었다. 그러나 스테벤스 여사가 심각한 병에 걸려 더 이상 라세를 돌볼 수 없게 되었다. 1929년 12월, 이제까지 라세를 키워 온 양육의 울타리가 무너져 내렸다. 세 살짜리 라르스는 잠깐씩 스테벤스 여사의 친척과 친구 집에 맡겨졌는데, 이러한 상황은 당연히 지속될 수 있는 것이 아니었다. 아스트리드 스스로도 이 시기를 애써 미화하려 들지 않았다. 그녀는 나중에 이렇게 이야기했다. "아이들은 쉽게 적응하니까 아무 문제 없이 여기저기 보낼 수 있다고, 그 누구도 내게 말해 줄 필요는 없다. 어떤 공무원 나리께서 오셔서 이런 주장을 늘어놓는다면, 이보다 더 나를 격분시키는 일은 아무것도 없을 것이다."[14]

아스트리드는 곧 코펜하겐으로 가서 아들을 데려왔다. 때마침

군이 방에서 나갔기 때문에 아이를 곁으로 데려올 수 있었다. 그러나 이 시기는 아스트리드에게나 아이에게나 대단히 힘겨운 날들이었다. 아침에 아스트리드가 일하러 가면 라르스는 혼자 남았다. 만 세 살배기 아이가 말이다. 뒷날 한 인터뷰에서 작가는 간략하게 대답했다. "제가 사무실에 있는 낮 동안에는 집주인이 아이를 들여다보아 주었어요."[15] 하지만 백일해에 걸린 라세는 단지 "들여다보아 주"는 것보다 더 많은 관심이 필요했다.

아스트리드는 아이가 몇 주 몇 달씩이나 기침을 하던 밤들이 삶에서 가장 고통스러운 시간이었다고 나중에 털어놓았다. 아픈 아이에게는 남다른 관심과 주의가 필요하다. 아스트리드가 이 시기에 대해 별 이야기를 하지 않았기 때문에, 엄마나 아이가 얼마나 녹초가 되었을지는 그저 미뤄 짐작할 뿐이다. 어느 날 밤, 아스트리드는 라르스가 선잠이 든 상태에서 코펜하겐의 양엄마와 형을 애타게 부르는 소리를 들었다. 이 순간 느낀 고통을 그녀는 결코 잊지 못했다.

이렇게 아이를 두는 것은 임시방편일 수밖에 없다는 사실이 분명해졌다. 아스트리드의 부모님도 딸이 완전히 기진맥진했음을 알게 되었다. 한나 에릭손은 라르스를 네스로 보내라고 했고, 아스트리드는 마음이 한결 가벼워져 엄마 말씀을 따랐다. 1930년 5

월, 아스트리드는 휴가를 몇 주 얻어 아들을 스몰란드로 데려간다. 부모님은 마차와 말을 기차역으로 보냈고, 이들은 마차 덮개를 열고 빔메르뷔를 가로질러 네스를 향해 달려갔다.

아스트리드는 처음부터 마차 덮개를 열어 마을의 수다쟁이들에게 분명히 밝히려 했을까? 아들을 숨길 마음이 조금도 없다고? "그래요. 내가 죄 없는 아들을 작은 도시로 데려간 건 일종의 개척자적인 행동이었다는 생각이에요. 이런 작은 도시에서는 미혼모가 자기 자식을 다른 평범한 아이처럼 자랑스럽게 드러내는 일에 익숙하지 않았으니까요." [16]

이렇게 얘기하면서 아스트리드는 약간의 자랑과 장난기를 섞어 짧은 일화를 덧붙였다. 아스트리드가 라르스를 빔메르뷔에 있는 한 가게에 데리고 갔을 때, 이 남자아이는 그녀를 엄마라고 불렀다. 그러나 아스트리드가 적어 낸 주문서에는 '미스 에릭손'이라고 적혀 있었다. 점원은 어리둥절해져서 정말로 그 주문서가 '미스' 에릭손을 위한 것인지 여러 번 되물었다고 한다. 마르가레타 스트룀스테테는 짐작한다. 아스트리드 린드그렌이 뻔뻔한 삐삐를 얌전한 소도시에 보내 괴롭힌 이유는, 바로 고루한 빔메르뷔 시민들에게 앙갚음하기 위해서였을 거라고.

이 시기에 라르스의 아버지와 연락이 닿았는지 그렇지 않는지는 알 수 없다. 라르스는 이제 자신의 삶에서 세 번째 집을 갖게 되었다. 또 한 번 새로운 환경에 적응하느라 어려움을 겪었을까? 아스트리드의 설명에 따르면 그렇지는 않았다. 이 사내아이는 신이 나서 뒹굴었다. 이곳저곳을 헤집고 뛰어다녔고, 식구들은 너나없이 아이를 쓰다듬고 어루만졌다. 아이는 빠르게 스몰란드 식 스웨덴어를 배웠다. 이렇게 아이가 식구들과 한데 어울리던 모습을 설명할 때면, 아스트리드에게는 오로지 기쁨만 흘러넘치는 것 같았다. 그녀가 먼저 라르스를 할머니, 할아버지께 맡기고 싶어 했을까? 아니면 그들이 전부터 아이를 돌보고 싶어 했을까? 괜히 완강히 버티다가 결국 막다른 길에서 아이를 맡겼을까? 그녀는 이 사실에 대해 아무 말도 하지 않았다.

이제 마음을 놓고 스톡홀름으로 돌아와 조금은 자신의 삶을 돌볼 수 있게 되었다. 좋은 일도 생겼다. 아홉 살 연상의 새로운 남자 친구가 생긴 것이다. 스투레 린드그렌이다.

스투레는 아스트리드의 삶에서 두 번째 남자이자 또다시 직장 상사였다. 이 직속 상사는 세무 공무원의 아들로 말뫼 지역 출신이었다. 상업인 전문교육을 마치고 스웨덴 자동차 클럽 모토르 메넨스 릭스퐈르분드의 좋은 자리에서 일하고 있었다. 두 사람이 어떻게 알게 되었고, 또 어떻게 가까워졌는지에 관해 알려진 사실은 아무것도 없다. 그녀는 스투레를 유머 감각이 풍부한 사람이라고 했다. 또 그가 자신을 위해 요리를 해 주어야 비로소 배불리 식사할 수 있었다고 말한 적이 있다. 몇 달이 지나 둘은 결혼하기로 결정한다.

결혼을 6개월 앞두고 한나 에릭손은 딸을 네스로 불러들인다. 다시 한 번 스물셋 딸에게 살림을 가르치기 위해서였다. 사실 아스트리드는 이런 가르침을 이미 충분히 받았다. 그녀에게 결혼에 대해 심사숙고할 시간이 필요했을까? 부모님은 딸이 내린 결정을 못 미더워하셨을까? 부모님 생각이 맞을 수도 있다. 아스트리드가 사랑에 빠진 것 같지는 않았기 때문이다. 몇 해가 지난 뒤 아스트리드는 자신은 단 한 번도 사랑에 빠진 적이 없다고 말하기까지 했다. 이런 이유에서인지 스투레 린드그렌은 아스트리드의 모든 전기나 그녀의 입을 통해서 이상할 만큼 밋밋하게 드러난다.

셰르스틴 크빈트는 이야기한다. "이성적으로 선택한 결혼이었어요. 아스트리드는 안정된 생활을 간절히 원했고, 그러려면 일종의 사회적 틀이 필요했기에 성사될 수 있는 결혼이었죠. 제가 보기에는 그랬어요. 단 한 번도 그녀가 그를 매우 사랑하고 있다고 느낀 적이 없어요. 그녀는 그를 좋아했어요. 좋은 친구로서 스투레를 좋아했어요. 그가 술꾼이 되기 전까지는 말이죠." 17)

그러나 얼마 되지 않지만 스투레 린드그렌에 대해 알려진 사실들로 미루어 볼 때, 그는 전체적으로 훌륭한 역할을 했다. 그는 매력적이었고, 먼 여행을 즐겼으며, 바른 몸가짐과 생활 태도를 지니고 있었다. 돈도 충분히 벌어 아스트리드가 가정주부이자 엄마로 지낼 수 있게 해 주었다. 이제야말로 아스트리드는 자기 손으로 라르스를 돌보려 했다.

4. "무슨 일이 있어도 작가는 되지 않을 거야!"

1931년, 갓 결혼한 린드그렌 가족은 새로운 집으로 이사를 한다. 바사 지역의 좁은 거리 불카누스가탄에 있는 방 두 개짜리 집이었다. 이 지역은 스톡홀름 중심부에 자리하고 있었다. 아스트리드는 안도의 한숨을 내쉬었다. 이제야 먹고살기 위한 몸부림도, 아이와 떨어져 지내며 겪은 설움도 뒤로 할 수 있게 되었다. 물론 '사장님'은 사무실로 출근을 하고 아스트리드는 집에 남아 살림을 꾸렸다. 아스트리드도 자잘한 계약을 맺어 자동차 클럽을 위한 기사를 쓰고 회의에서 속기도 맡아 하곤 했지만, 이런 일들은 집안 살림을 하면서도 손쉽게 병행할 수 있었다. 게다가 날마다 몇 시간씩 집안일을 도와주는 사람까지 왔다.

그러나 그녀는 남편이 자신과 함께 즐기고 싶어 하는 사교 생활에 그다지 흥미를 느끼지 못했다. 그의 친구들 모임이 마음에 썩 들지 않았던 것이다. 그들은 모이기만 하면 번번이 술을 마셔댔다. 시빌 그레펜 쉰펠트는 아스트리드가 인터뷰에서 한 말을 전한다. 남편 스투레가 직장에서 새로 만난 사람들과 잘 사귀려 노력했고, 아스트리드도 "그 무렵 사람들을 가리지 않고 좋아해서 여럿이랑 잘 지낼 수 있었다"고[1].

젊고 쾌활한 이들은 정기적으로 만나 레스토랑에서 식사를 하거나 함께 춤추러 가곤 했다. 그렇지만 아스트리드는 저녁이면 집에서 편안하게 긴장을 풀고 책을 읽고 싶어 했다. 그녀는 그런 자신을 "미래를 향한 기대로 가득한, 조용하고 침착한 스물다섯 살짜리"라고 묘사했다.[2]

1934년 5월, 딸 카린이 태어났다. 이번엔 처음부터 모든 것을 제대로 할 수 있는 상황이었고, 꼭 잘 해내겠다고 결심했다. 같은 시기에 올케인 군나르의 아내 굴란 역시 네스에서 아기를 낳자, 둘은 아주 가까운 사이가 되었다. 두 사람은 아기가 내딛는 하나하나의 새로운 발달 단계들을 편지에 매우 자세히 적어서 주고받았다. 아스트리드는 이 시기를 누리려 했다. 라르스가 아기였을 때 빼앗겼던 모든 행복을 되찾으려 했다. 아스트리드는 이 조그만 존재가 자신의 아기라는 사실에 감탄을 멈출 수가 없었다. 그녀가 느낀 경외감은 나중에 아스트리드 소설의 여주인공 카티의 입을 통해 표현된다.

"아들이 내 품에 안겨 있다. 아기는 정말이지 작은, 너무나 조그만 손을 두 개 가지고 있다. 한 손이 내 검지를 감싸쥐고 있고, 난 감히 움직일 엄두도 내지 못한다. 조금이라도 움직이면 아이가 손가락을 놓칠지도 모르고, 그러면 난 견디지 못할 것 같다. 다섯 손가락에 자그마한 손톱 다섯 개가 달린 이 작은 손이야말로 하늘이 내린 기적과 같다. 아이들에게 손이 있다는 사실은 예전부터 잘 알고 있었지만, 내 아기도 이런 손을 갖게 되리라고는 조금도 상상하지 못했다. 여기 누워서 장미 꽃잎 같은 아들의 조그마한 손을 바라보고 있노라면 감탄이 터져 나오는 것을 멈출수가 없다."[3]

라르스와 카린은 서로 어울리기엔 나이 터울이 너무 많이 졌다. 카린이 태어났을 때 라르스는 이미 여덟 살이었다. 카린은 오늘날 "라르스와 전 서로 다르게 생활했고, 함께 노는 일은 흔하지 않았어요"라고 이야기한다.[4]

어른이 된 라르스 린드그렌은 어린 시절에 관한 질문을 많이 받았고, 기꺼이 자신의 괴짜 엄마에 관한 이야기를 풀어 놓곤 했다. "아스트리드는 공원 벤치에 멀찌감치 떨어져 앉아서 놀고 있는 아이를 바라보는 유의 엄마가 아니었어요. 엄마는 스스로 놀고 싶어 했어요. 난 엄마도 나만큼이나 그런 놀이를 재미있어한다고 생각했어요."[5]

라르스는 아스트리드와 함께 상자 조각을 깔고 앉아 산에서 미끄럼을 타고 내려온 이야기를 자세히 들려주었다. 이렇게 산에서 미끄러져 내리다 아스트리드의 치마가 찢어졌다. 라르스는 집으로 돌아가는 길 내내 엄마 뒤에 바짝 붙어 서서 걸어야 했다. 아무도 보지 못하게 엄마를 가려 줘야 했으니까. 그는 어렸을 때의 엄마를 자랑스럽게 묘사했다. 아스트리드가 움직이는 전철에서 뛰어내리는 장면을 친구들이 놀란 눈으로 우러러보았던 것이다.

그렇지만 라르스는 평생 동안 자신이 충분히 사랑받고 있지 못하다는 생각에 사로잡혀 고민했다. 마리안네 에릭손은 아스트리드가 말해 준 일화를 하나 기억하고 있었다. "어느 날 저녁 아스트리드가 딸을 재우고 있었어요. 카린은 그때 한 살 정도 되었는데, 아스트리드는 아이를 품에 안고 '우리 꼬마 카린, 너를 정말로 사랑해' 또는 그 비슷한 말을 속삭였어요. 그러고 나서 라르스가 문가에 서 있는 것을 보았어요. 아스트리드는 얼른 가서 문을 닫고 말했대요. '오, 우리 꼬마 도련님, 너를 정말로 사랑해.' 그러자 라르스가 이렇게 대답했대요. '엄마가 그렇게 말해 줘서 정말 좋아. 잠깐 동안이지만, 엄마가 카린만 예뻐하는 줄 알았어.'"[6] 이 이야기를 들려주면서 마리안네 에릭손의 눈에는 눈물이 맺혔다. "아스트리드는 라르스에게 늘 죄책감을 가지고 있었던 것 같아요."

린드그렌 가족이 사는 집은 작았다. 그때만 해도 방 여러 개짜리 집에 사는 것은 소수 사람들만 누릴 수 있는 사치였다. 저녁이 되면 아이들은 방 하나에서 잠을 잤고 부모는 거실에 부부용 침대를 펼쳤다. 아스트리드가 자란 네스의 빨간 집만큼이나 비좁았다. 그러나 그런 비좁음만 뺀다면 스톡홀름 아이들의 어린 시절은 그녀의 어린 시절과 비슷한 구석이 조금도 없었다.

카린은 말한다. "난 스톡홀름에서 자랐어요. 그저 이름없는 아이로 말예요. 이웃에 사는 사람들은 내가 누군지 몰랐어요. 그게 가장 큰 차이였어요. 방학에 엄마를 따라 스몰란드에 가면 정말이지 달랐거든요. 갑자기 사람들이 저를 알아보는 거예요. 그게 굉장히 마음에 들었어요."[7]

1935년, 아스트리드는 처음으로 푸루순드에서 여름을 난다. 푸루순드는 스톡홀름에서 북쪽으로 50km쯤 떨어진 로스라엔에 있는 암초 섬들 가운데 하나다. 아들네와 가까이 살기 위해 스투레의 부모님이 이곳에 작은 목조 가옥을 한 채 장만한 것이다. 하얀 창틀이 달린 예쁘장한 빨간 집으로, 절반은 바위 위에 세워져 있고 나머지 절반은 정원에 둘러싸여 있었다. 조용하고 평온한 좁은 터에 자리하고 있고 곧장 물가로 이어졌다. 전기는 들어오지 않았다.

아스트리드와 아이들은 아스트리드의 여동생 스티나와 함께 이곳에서 잊을 수 없는 멋진 여름을 보냈다. 이때부터 이 섬은 린드그렌 가족이 여름마다 머무는 곳으로 자리를 잡았다. 여러 해가 지나서 아스트리드는 자신의 두 아이에게 집을 한 채씩 선물했고, 삶을 마칠 때까지 이 집에서 여름을 났다. 이곳에서 아름다운 책이 여러 권 탄생했다. 『마법의 섬 살트크로칸』에서는 물가의 소박한 삶이 펼쳐진다.

스웨덴 동부 해안 앞에 무리 지어 있는 수많은 섬들은 암초 섬으로 불린다. 이 섬들은 당시에도 이미 도시 사람들에게 사랑받는 나들이 장소였지만 거의 개발되지 않았었고, 오늘날까지도 크게 변하지 않은 채 제 모습을 유지하고 있다. 그 가운데 푸루순드는 더욱 그렇다. 그 사이에 레스토랑과 카페가 한 곳씩 들어섰고, 가벼운 식사를 할 수 있는 스낵 코너와 가까운 섬을 왕복하는 여객선도 생겼다. 그렇지만 푸루순드는 외지고 한적한 섬을 넘어서는 전혀 다른 곳이다.

스톡홀름에서 출발하면 부드럽게 솟아오른 풀밭을 지나고 자그마한 숲과 만나다 보면 어느새 바위언덕들과 밀밭이 끼어든다. 이 섬에는 숲이 우거져 있지만 해안가를 끼고 나 있는 산책로 같은 것은 없었다. 바닷가의 땅들이 사유지였기 때문이다. 아이들이 이곳에서 얼마나 즐거워했을지 상상하기란 어렵지 않다. 아이들은 선착장에서 바닷물로 뛰어들고, 노를 저어 배를 타고, 또 가까운 숲에서 맘껏 놀 수 있었다.

아스트리드는 엄마 역할에 충실하면서 프리랜서로 계속 활동했다. 그리고 스스로 말했듯이 "바보스럽고 사소한 일들"도 가끔씩 저질렀다. 그 일들이란 짧은 이야기나 동화를 주간 신문에 내는 것이었다. 광고문을 쓰는 것 역시 이런 일에 속했다. 아스트리드는 일을 해서 받은 보수를 살림에 보탰다. 이때 아스트리드는 무슨 일이 있어도 작가는 되지 않겠다던 결심을 잘 지켜 냈다고 한다. 전에 없이 보기 드문 확고한 결단이었다.

이로부터 10년이 지나서야 비로소 아스트리드 린드그렌은 작가로서 공식적인 활동을 시작했다. 공식적인 활동 전에 보인 모든 글쓰기의 조짐들을 그녀는 아무런 가치도 없고 기대할 것 없는 하찮은 것으로 여겼다. 이와 달리 그녀는 인터뷰마다 어린아이를 둔 엄마들이 집에 머물 수 있는 것이 얼마나 중요한지를 되풀이해서 강조했다. 국가는 이런 엄마들을 지원할 책임이 있다고 말했다. 다만 자신에게는 이 원칙을 융통성 있게 적용했다. 아스트리드는 라르스가 태어나고 처음 몇 년 동안은 아이를 돌볼수 없는 처지였고, 카린이 만 두 살이 되자 다시 회의 속기사 임시직이나 대리직을 맡아 일하기 시작했다. 또 저녁 시간이나 주말에도 자주 약속을 잡았다. 직업 세계로 이어지는 끈을 놓치고 싶지 않았던 것이다.

1937년, 카린이 만 세 살이 되자 아스트리드는 다시 종일제로 일하기 시작한다. 한 회의에서 특별히 빠르고 꼼꼼한 그녀의 속기 능력을 알아본 대학 강사가 그녀를 조수로 채용한 것이다. 하리 쇠데르만은 당시 범죄 기법에 관한 편람을 제작하고 있어 급히 조수가 필요하던 참이었다. 아스트리드는 그의 텍스트를 받아 적어야 했고, 동시에 그와 함께 토론도 해야 했다. 이때 아스트리드가 새롭게 안 내용들 가운데 많은 부분이 청소년 탐정소설『소년 탐정 칼레』로 흘러 들어갔다.

그녀는 어떤 일이 공정한지 그렇지 못한지에 관해 매우 예민하게 반응했다. 이러한 태도는 두드러지는 그녀의 특징인데, 유년기나 청소년기에는 수줍은 성격에 가려 잘 드러나지 않았다. 어른이 된 그녀는 해가 갈수록 무언가가 잘못되어 마음이 불편해지면 점점 더 큰 소리로 발언권을 요구했다. 이제 두 자녀의 엄마로서 아이들을 제대로 양육할 책임을 진 그녀는 사회가 얼마나 생각 없이 아이들을 대우하는지 낱낱이 깨달았다. 교육에 관해 특별한 이론을 내세우지는 않았지만, 직관이 발달한 그녀는 무엇인가 잘못되면 곧장 알아차렸다.

아스트리드는 보호와 사랑, 이 두 가지를 교육에서 포기할 수 없는 것으로 여겼다. 그래서 어른들이 아이들을 쉽게 괴롭히고 짓밟는 걸 보면 말할 수 없이 불쾌해했다. "사람들이 아이들 말에 조금도 귀 기울이지 않고 아이들을 꾸짖고 때리기까지 하면서 '교육'한다고 하는 걸 알게 되었다. 아이들 편에 서면서 난 내가 반란을 일으키고 있다는 느낌이 들었다. 이런 느낌은 우리 아이들이 학교에 간 뒤 아이들에게 요구하는 사항들과 권위적인 분위기를 직접 겪자 더욱 강해졌다."[8]

열세 살이 된 라르스와 함께 학교에서 내준 작문을 쓰면서 아스트리드는 아들에게 "아이로 사는 건 쉽지 않은 일"이라는 제목을 제안했다. 그녀는 이 글을 라르스의 이름으로 『다옌스 뉘헤테르』라는 신문에 보냈고, 이 글은 1939년 활자화되었다.

이 글에서 어린 시절이란 항상 명령에 복종하며 어른들의 끝없는 질타를 참아 내기 위해 애써야 하는 극단적인 시기로 묘사되었다. 그리고 이렇게 비꼬는 투로 끝맺는다. "나한테 아이가 생긴다면, 내 아이들은 어떤 경우에도 훈계 따위는 듣지 않게 될 거다. 만약 내 아이들이 경고를 받고 겁이 나서 오금을 저리며 집으로 돌아온다면, '겁먹지 마! 경고받는 일이라면 이 아빠가 단연코 최고 기록을 가졌단다!'라고 말할 거다."[9]

이제 유럽은 2차 세계대전 발발을 코앞에 두고 있었다. 아스트리드는 정치적 사건에 큰 관심을 갖고 신문을 파고들었다. "물론 오래전에 히틀러라는 남자에 관해 들어 본 적이 있었지만, 특별히 신경 쓰진 않았어요. 책을 불태웠다는 기사를 읽기 전까지는 말이죠. 그제야 알았어요. 세상이 나아질 거라고 믿으면서 그저 손 놓고 기다릴 수만은 없다는 사실을 깨달았어요. 고통의 시간이 다가오고 있다는 것, 그 사실만은 정말 분명했어요."[10]

대학에서 일하면서 아스트리드는 독일에 관한 불안한 소식을 세세히 접한다. 스톡홀름에 사는 유대인들이 수도 없이 하리 쇠데르만을 찾아와 히틀러의 제국에 있는 친척들에게 연락할 수 있도록 도와달라고 부탁했다.

아스트리드는 절망의 나락으로 굴러떨어지는 듯한 느낌을 받고 일기를 쓰기 시작한다. 아마도 새로 알게 된 여러 소식들에서 받은 충격을 소화하기 위해서였을 것이다. 1939년 9월 1일, 그녀는 일기장에 다음과 같이 적었다. "오늘 전쟁이 시작되었다. 아무도 믿으려 들지 않았다. 어제 오후까지만 해도 엘사 굴란데르와 난 바사 공원에 앉아 있었고, 아이들은 우리 둘레를 돌며 뛰어놀았다. 우리는 꽤나 편안하게 히틀러를 욕해 댔지만, 어떤 전쟁도 일어나지 않을 거라 확신했다. 그런데 오늘! 이 전쟁을 시작으로 새로운 세계대전이 불붙는다면, 역사는 아돌프 히틀러에게 끔찍한 판결을 내려야 한다."[11]

아스트리드 린드그렌은 일기장에 스톡홀름에 사는 평범한 가족의 일상을 기록했다. 전쟁에 대비해 미리 사서 쟁여 놓아야 할 생필품 항목을 적어 넣었다. 설탕 2kg, 쌀 3kg, 전분 1kg, 차 4봉지와 그 밖에도 여러 가지가 있었다. 또 자신과 아이들 신발을 산 일과 신발 가격도 적었다. 더불어 흰 재봉실을 어디서도 구할 수 없으며, 연성 비누를 250g 단위로밖에 구할 수 없다는 사실도 언급했다. 그리고 일기는 1939년 11월로 훌쩍 넘어간다.

"최선의 길을 선택할 수만 있다면, 사람들은 아마 더 이상 살고 싶어 하지 않을 것이다! 오늘 러시아 군인들이 핀란드의 헬싱키와 다른 여러 지역들을 폭격했다. 엄청난 액수의 성금과 옷들이 모였다. 그저께 다락으로 올라가 챙길 수 있는 것은 모두 끌어모았다. 스투레가 마차를 몰 때 입는 겉옷과 엄마가 자투리 실로 짜 주신 보기 흉한 스웨터도 있다. 핀란드 사람들은 너무나 큰 고통에 시달리고 있을 게 분명하다. 엄마가 짜 주신 스웨터는 안 보내는 게 나으려나!"[12]

스웨덴의 수상 페르 알빈 한손은 전쟁이 시작되자 곧 중립을 선언했다. 이른바 '겨울전쟁'이라 불리는 핀란드와 소련의 분쟁이 터지자, 스웨덴 정부는 위험천만한 모험을 시작한다. 공식적으로는 핀란드 정부의 지원 요청을 거절했지만, 비공식적으로 무기를 수송하고 자원 군대를 모아 보내면서 핀란드를 지원한 것이다. 또한 스톡홀름에 있는 모든 어린이를 주변 지역으로 대피시키는 안도 진지하게 검토했다. 헬싱키와 스톡홀름이 400km 정도밖에 떨어져 있지 않기 때문이었다. 라르스는 대피에 필요한 물품 목록을 학교에서 가져왔고, 아스트리드는 필요한 물건들을 구입하기 위해 그날 오후 가게를 찾았다.

1940년 봄, 독일이 덴마크와 노르웨이를 공격하자 갑자기 전쟁이 그들의 삶을 압박하기 시작한다. 스투레는 군사 훈련에 소집되어 실전 전투에 대비한다. 아스트리드는 그가 더 이상 기름진 음식을 즐기지 않고 군용 외투로 몸을 감싼 채 바닥에서 자기 시작했다고 묘사했다.

1940년, 하리 쇠데르만은 아스트리드에게 국가기밀 정보기관에서 편지를 검열하는 일자리를 제안한다. 그녀는 낮 시간이 아닌 밤에만 일하는 이 자리를 받아들인다. 그러면 더 많은 시간을 아이들과 함께 보낼 수 있기 때문이었다.

새로운 일을 맡으면서 아스트리드는 단지 소수 몇몇 사람들만 알 수 있었던 전쟁의 참상에 눈뜨게 된다. 하지만 비밀을 지킬 의무가 있는 아스트리드는 일기장에서조차 새로운 일에 대해 털어놓을 생각을 못 한다. 그렇지만 한번은 이렇게 적었다. "신문 기사로만 전쟁을 접하면, 전쟁에서 일어나는 일들을 실제로 믿지 못한다. 그러나 편지를 읽게 되면, 룩셈부르크가 점령되면서 '자크의 두 아이가 살해당했다'는 사실이 갑자기 끔찍한 현실로 다가온다."[13] 편지를 검열하고 전쟁의 참상에 관한 정보를 접하는 것은 조금도 자부심을 느낄 만한 일이 아니었다. 직장 동료들은 이 일을 쓰레기 같은 일이라고 했다.

아스트리드는 말할 수 없이 실망한다. 자신의 나라가 반유대

주의에 물들어 가는 끔찍한 상황을 그저 지켜볼 수밖에 없었다. 친독일 입장에 선 정부가 독일군이 스웨덴을 통과하도록 허락하는 일 역시 분노에 차서 바라볼 수밖에 없었다. 독일 산업 수요의 30%를 충당하는 양질의 스웨덴산 철광석을 독일에 제공하는 일도 말 그대로 "실용적이지만 원칙을 잃어버린" 중립 정책의 일환이었다.

히틀러는 아스트리드에게 악마 같은 인간일 뿐이었다. "독일은 일정한 간격을 두고 새로운 희생 제물을 끌어내리기 위해 지옥에서 기어 올라오는 사악한 괴물 같다." [14] 그녀는 독일의 민족주의를 보며 공포 속에 떨었고, 소련의 볼셰비키를 보면서도 커다란 두려움에 휩싸였다. 그녀는 이 두 가지 이념을 서로 치고받는 공룡에 비유했다. 몇 년이 흘러 아스트리드는 『사자왕 형제의 모험』과 『미오, 나의 미오』에서 독재를 향한 혐오감을 음울하고 잔혹한 이미지로 그려 낸다.

전쟁 속에서 수많은 사람들이 굶주리며 떨고 고향을 잃거나 죽어 가는 사이에, 스웨덴 사람들은 정부의 중립 노선 덕분에 얼마 안 되는 생활의 불편만 감수하면 되었다. 식량이 제한되었고 옷감이나 비누, 세제 같은 생활 필수품 역시 제한되었다. 아스트리드 린드그렌은 편지를 검열하면서 자신이 얼마나 좋은 처지에서 생활하고 있는지 잘 알게 되었다. 그러나 전쟁이 얼마나 손쉽게 일상의 뒷전으로 밀려나는지, 사람들이 다른 나라 사람들의 고통을 얼마나 자주 외면하는지도 알았다. 게다가 사람들은 고기 구경을 할 수 없다느니, 집 안이 춥다느니 하는 일로 불평을 늘어놓았고, 다음에는 달걀이나 생선을 살 수 있을지를 궁금해했다. 그런 일들을 접하면서 그녀는 부끄러움을 느꼈다.

스투레는 군사 훈련을 마치고 얼마 지나지 않아 집으로 돌아왔다. 그가 직장에서 승진을 해서 더 큰 집으로 이사할 수 있게 되었다. 새로운 집은 이제까지 살던 곳에서 길 몇 개밖에 떨어져 있지 않은 달라가탄이란 곳에 있었다. 밝고 널찍한 집에서는 바사 공원이 한눈에 들어왔다. 더 큰 집으로 이사해 당연히 기뻤겠지만, 아스트리드는 일기장에 이렇게 적었다. "그 어떤 즐거움 속에서도 우리는 전쟁을 잊지 않는다. 전쟁은 마음속 깊은 곳에 자리한 절망처럼 늘 이곳에 있다." [15]

생활은 그대로 이어졌다. 아스트리드는 1941년 5월 어머니날 이렇게 적었다. "오늘 난 분홍빛 장미와 예쁜 스타킹 몇 켤레, 『미니베르 부인』이라는 책과 초콜릿 한 상자를 선물받았다. 오후에는 아이들을 데리고 칼 산에 갔다. 카린이 자전거를 타고 라르스가 카린을 단단히 잡아 주었다. …… 그리고 나서 우리는 기분이 좋아 소리를 지르며 구운 감자를 먹고 설거지를 했다. 카린이 우리에게 점토로 만든 사탕을 준 다음 잠자리에 들어 『꼬마 공주』를 읽어 주었다. 라르스는 알베르트 엥스트룀의 책을 읽었다. 1941년 스톡홀름에서는 이렇게 평화롭게 살 수 있지만, 세상을 둘러보면 산다는 건 너무도 슬퍼 보인다." [16]

1942년에서 1943년으로 넘어가는 길목에서 독일의 전세가 기울자, 스웨덴 정부는 중립 정책의 방향을 튼다. 이제 연합군의 요구에 귀를 기울이게 된 것이다. 스웨덴은 덴마크에서 도망한 유대인들의 피난처가 되어 주었고, 모든 전쟁 당파의 스파이들이 모여드는 집결지가 되었다. 폴란드와 독일에서 출발한 나치 저항 세력은 이곳에서 서방의 연합군과 중요한 접촉을 했다. 이런 까닭에 독일에서 발신되는 선전선동 방송은 스웨덴 사람들을 '연미복 입은 돼지'라고 깎아내렸다. 스웨덴 사람들이 유럽 공동체의 운명의 시간 앞에서 의무를 저버리고 있다는 것이었다. 그러나 스웨덴은 노르웨이와 덴마크 편에 서서 독일에 대항하는, 마침내 '전쟁을 주도하지 않는' 힘으로 등장했다.

아스트리드 린드그렌이 1943년 여름에 쓴 일기들은 걷잡을 수 없이 혼란스러운 심경을 고스란히 드러내고 있다. 그녀는 먼저 푸루순드에서 얼마나 아름다운 휴가를 보내고 있는지를 적었다. 빛나는 태양에 관한 이야기나 카린이 마침내 수영을 배운 일 등이다. 카린은 선착장에서 차가운 물로 뛰어들어 잠수할 수 있을 만큼 수영에 자신감을 얻었다. 그러고는 다시 전쟁에 대해 생각하며 착잡한 심경에 빠져든다. "라르스를 전쟁에 끌려가게 놔두느니 차라리 총으로 쏘는 편이 낫겠다고 생각했다. 미치광이가 된 지구 위의 이 불쌍한 엄마들, 얼마나 더 고통을 당해야 하나?" [17]

전쟁 당시 아스트리드가 남긴 일기는 모두 스물두 권이다. 안타깝게도 이 글들은 출간되지도 번역되지도 않은 채 오직 마르가레타 스트룀스테트가 쓴 전기를 통해 아주 일부분만 알려져 있다. 이 일기들은 삶을 향한 내면의 은밀한 통찰을 보여 준다. 그리고 이 통찰은 뒷날 그녀가 낯선 시선들 앞에서 자신의 삶을 온 힘으로 지켜 내는 바탕이 된다.

우리는 이 일기를 통해 그녀가 흔들림 없는 평화주의자라는 사실을 알게 된다. 이 평화주의자는 자신이 안전한 세계 속에서 살아갈 수 있다는 사실에 감사하면서도, 다른 한편 이렇게 편하게 지내는 것에 죄책감 또한 가지고 있었다. 세상이 너무나 많은 사람들에게, 무엇보다도 아이들에게 지옥이 되어 버렸다는 사실로 인해 몹시 괴로워했다.

그러나 아스트리드 린드그렌은 고통 속에서도 세계에 대해 분명하고 이성적인 시각을 갖추고 있었다. 또한 "증오는 평화가 도래하는 그날이 와도 끝나지 않는다"[18]는 사실도 잘 알고 있었다.

5. "어느 날 갑자기 글을 쓰지 않을 수 없었다"

아스트리드의 삶에 전쟁의 그림자가 드리워졌을 뿐 아니라 이 제껏 누려 온 개인적인 행복도 스러져 갔다. 결혼 생활에 위기가 닥쳐오기 시작한 것이다. 그녀는 나이가 들수록 라르스와 카린의 어린 시절이 자신의 어린 시절과 매우 다르다는 사실을 깨달았다. 그때부터 유년의 기억들을 최소한 종이 위에라도 되살려내야겠다고 생각했을까? 어쨌거나 그녀는 글을 쓰는 쪽으로 확실하게 방향을 잡은 것 같다. 글을 쓰고 싶은 충동이 점점 더 강렬해졌으므로.

1943년 5월, 아스트리드는 스톡홀름 신문사에 시사 문제에 대한 짧은 논평을 몇 편 써 보낸다. 여러 해 전 어린이 잡지와 일간지의 성탄 특별호 따위에 동화를 기고한 뒤 처음 해 본 일이었다.

그 글들 가운데 하나가 『스톡홀름스티드닝엔』에 실렸다. 나머지 글들은 되돌아왔지만, 반송된 원고 모퉁이에 『다엔스 뉘헤테르』의 편집자 의견이 적혀 있었다. "이 젊은 여성은 글을 쓸 줄 안다. 이 점에 대해서는 조금도 의심의 여지가 없다." [1] 그 뒤 마침내 1944년이 찾아온다. 첫 작품 『내 이름은 삐삐 롱스타킹』이 쓰여진 해다.

이 책은 온 세상에서 가장 유명한 어린이책 가운데 하나가 되었기 때문에, 그녀는 이 이야기가 생겨난 배경을 여러 해 동안 수없이 되풀이해서 말해야 했다. 이 이야기는 글로 옮겨지기 3년 전인 1941년 겨울에 시작된다. 일곱 살 난 카린이 폐렴으로 앓아 눕자 아스트리드는 아이 곁에서 지루함을 달래 주려 애쓴다. 갑자기 카린이 "삐삐 롱스타킹 얘기 좀 들려줘!"라고 엄마에게 조른다. 재미난 이름을 좋아했던 카린이 바로 그 순간 '삐삐'라는 이름을 지어낸 것이다.

아스트리드 린드그렌은 이 일을 계기로 전 세계에 알려진 『내 이름은 삐삐 롱스타킹』을 꾸며 내기 시작한다. 삐삐가 평범하지 않은 아이이고 특이한 모험을 겪을 거라는 사실은 이름에서도 잘 드러난다. 자연스럽게 자신의 어린 시절에 대한 기억들이 이야기 속에 녹아들었고, 빨간 머리에 건방진 성격이었던 카린의 학교 친구 소냐 멜린이 영감을 주었다. 그러나 무엇보다도 아스트리드는 이 이야기를 통해 카린을 즐겁게, 웃음을 터뜨리게 만들고 싶었다. 물론 '얌전한 여자아이' 이미지도 뒤엎고 싶어 했다.

『내 이름은 삐삐 롱스타킹』은 미리 잘 구상해서 꼼꼼하게 구성한 이야기가 아니다. 즉흥적으로 지어낸, 우스꽝스럽고 얼빠진 이야기들을 모아 놓은 것이다. 빨간 머리의 쾌활한 소녀는 가족 없이 원숭이와 말을 데리고 쿤터분트 저택에서 혼자 산다. 이 아이는 말을 탈 줄 알고, 지붕까지 기어 올라갈 수도 도둑을 잡을 수도 있다. 또 자신의 말을 번쩍 들어 올려 베란다에서 정원까지 내갈 만큼 초인적인 힘도 지니고 있다. 게다가 그 어떤 것도 그 누구도 두려워하지 않는다. 동시에 친구들에게는 친절하고 다정다감하며 아무 선입견도 갖고 있지 않다. 삐삐는 모든 어린이들이 마음속 깊이 바라듯, 어른들의 경고와 명령과 제재 따위와는 상관없이 살아간다.

카린은 곧장 강인한 갈래머리 소녀를 사랑하게 되었고, 항상 새로운 이야기를 듣고 싶어 했다. 그리고 얼마 지나지 않아 카린의 학교 친구들에게도 쿤터분트 저택의 익살맞은 동물원이 알려졌고, 순식간에 삐삐를 따르는 작은 팬 클럽이 생겨났다.

그러다 1944년 3월, 아스트리드는 눈길에서 미끄러져 발목을

삐는 바람에 14일 동안 다리를 높이 매달고 누워 있게 되었다. 그녀는 이때 무질서하게 흩어져 있던 삐삐 이야기를 적어 내려가기 시작했다. 첫 번째 원고를 속기하고 나서, 원고를 처음부터 끝까지 타자기로 쳐 나갔다. 원고를 검정 서류철에 모아 카린의 열 번째 생일상에 올려놓기 위해서였다. 그녀는 이 원고의 복사본 한 부를 스웨덴에서 가장 규모가 크고 유명한 어린이책 출판사인 알베르트 본니에르스로 보낸다.

『내 이름은 삐삐 롱스타킹』이 탄생하게 된 배경을 이야기할 때면, 작가는 자신의 전기를 쓰고 싶어 하는 전기 작가들 앞에서 속마음을 슬쩍 감추고 이렇게 말했다. "이 책이 출판되리라고는 단한 순간도, 정말 잠시도 믿지 못했던 것 같아요. 물론 그렇긴 했지만……!" [2] 본니에르스 출판사로부터 아무 소식도 듣지 못한 채 여러 주가 흘렀다. 아스트리드는 조금 불쾌해져서 문의 편지를 보낸다. "이 편지를 통해 정중하게 여쭤 보고 싶습니다. 귀하께서 이 책의 출판을 거절하기까지 도대체 얼마만큼의 시간이 필요한가요?" [3]

아스트리드 린드그렌은 그 작품을 인쇄하는 데는 용기가 필요하다는 사실을 분명히 알고 있었다. 그래서 원고와 함께 이런 설명을 적은 편지도 함께 부쳤다. "귀하께서 애써서 제 원고를 읽게 되면 곧 아시겠지요. 삐삐 롱스타킹은 어린아이 형상을 한 작고 초인적인 존재지만, 아주 평범한 환경에 둘러싸여 살고 있습니다. 초자연적인 신체의 힘과 그 밖의 여러 상황 덕분에 아이는 어른들로부터 완전히 독립적으로 살고 있고, 또 자신의 삶을 원하는 모습대로 펼쳐 가고 있습니다. 어른들과 맞닥뜨리면 결국은 언제나 한 치의 양보도 없이 물고 늘어져 하고 싶은 대로 해내고 말지요. 버트런드 러셀의 글(우리나라에 『러셀의 자녀교육론』으로 나온 책)에서 어린 시절에는 어른이 되려는 욕구나 힘을 가지려는 의지가 무엇보다 지배적이라고 읽었습니다. 평범한 아이는 상상의 세계에서 힘을 좇고 의지를 관철시키는 일에 매우 집착한다고 합니다. 전 버트런드 러셀의 주장이 옳은지 그른지 알지 못합니다. 그러나 제 아이들이나 그 또래 친구들이 2년 동안 병적이다 싶을 만큼 삐삐 롱스타킹을 좋아한 것으로 미루어 볼 때, 이런 주장을 받아들이는 쪽으로 마음이 기웁니다."[4]

아스트리드는 편지에서 이 책이 위험하지 않다는 사실을 확실하게 매듭짓고 있다. 아이들은 삐삐의 행동이 평범한 자신들에게 본보기가 될 수 없다는 사실을 벌써 잘 알고 있고, 이 책을 읽어서 나쁜 영향을 받는 일은 거의 없을 거라는 점을 강조했다. 그리고 다음과 같은 말로 편지를 마무리했다. "이 책에 대해 부디

청소년 선도위원회와 이야기 나누시지 않기를 바랍니다. 결국은 저도 두 아이를 키우는 엄마니까요. 사실 이 아이들의 장래가 어떻게 펼쳐질지 누가 알겠습니까. —이런 부류의 책을 쓰는 한 엄마로부터."[5]

『내 이름은 삐삐 롱스타킹』은 시대를 앞선 여러 세계적인 문학 작품들처럼 처음에는 좌절을 맛보았다. 본니에르스 출판사는 공식적으로 출판 의사가 없다고 통보했다. 편집부는 이 책이 단연코 독창적이긴 하지만, 출간 예정작들로 일정이 꽉 차 있다고 입장을 밝혔다. 몇 해가 지나 출판사 사장인 게르하르드 본니에르는 이 정신 나간 책을 출간할 엄두도 내지 못했다며 한숨을 지었다. "저도 어린아이들이 있었는데, 아이들이 이 여자아이를 이상형으로 삼으면 어떤 일이 벌어질까 상상하니 기가 막혔어요."[6]

아스트리드 린드그렌이 어떤 심경으로 출판 거부 의사를 받아들였는지는 알려져 있지 않다. 하지만 그녀는 곧장 책상에 앉아 두 번째 작품 『브리트 마리는 마음을 놓는다』를 쓰기 시작했고, 같은 해에 라벤 & 셰그렌의 작품 공모전에 보낸다. 이 공모전은 만 열 살에서 열다섯 살 사이의 독자를 대상으로 한 작품을 찾고 있었는데, 이야기는 낡은 고정관념에서 벗어나 현대적이고 매력적이어야 했다. 브리트 마리는 이러한 기준을 고루 만족시켰다. 이 이야기는 오늘날의 시각에서 볼 때는 특별히 눈에 띄는 게 없지만, 당시 관점에서는 보기 드물게 감상에 빠지지 않으면서도 신선한 방식으로 쾌활함을 안겨 주었다. 물론 소녀들을 대상으로 하는 소설답게 첫사랑이나 학교 무도회, 우정 같은 일반적 소재들을 두루 다루었지만, 한 걸음 나아가 풍자와 비유를 섞어 썼으며, 전통적인 역할 분담에 관한 생각들을 크게 뒤집어 놓았다.

브리트 마리는 사랑스러운 대가족 속에서 살고 있다. 엄마는 번역가인데 어지간해서는 자기 연구실을 뜨고 싶어 하지 않는다. 그런 까닭에 자주 이야기를 나누고 싶어도 엄마는 대화 상대가 되어 줄 수 없다. 여기서 엄마의 모습은 일반적인 아버지 모습과 비슷하게 그려진다. 그러나 살림을 도맡아 해 주는 이가 있고 맏딸이 실질적인 엄마 역할을 대신하기 때문에, 엄마의 여성 해방을 통해 생겨난 빈자리는 어느 정도 채워진다. 자매들은 무엇으로도 대신할 수 없는 큰언니 마이셴을 애인이 빼앗아갈까 봐 마음을 졸인다. 언니가 없다면 가족이 산산조각 나는 것이 아닐까 애를 태우고, 언니의 애인을 질투 어린 시선으로 감시한다.

『브리트 마리는 마음을 놓는다』는 마침내 공모전에서 2등 상을 수상하고 작가에게 엄청난 기쁨을 안겨 준다. "상을 받자 꼭 죽어 버릴 것 같았어요. 정말이지 너무나 행복했어요."[7] 그러나 출판사 사장인 한스 라벤 박사는 수상자처럼 그렇게 기뻐할 수 없었다. 그가 수상 작가들을 공개하기 위해 봉투를 열어 확인한 이름은 스웨덴에서 이름을 날리는 작가가 아니었기 때문이다. 사장이나 나머지 심사위원의 바람과는 거리가 멀었다. 이 공모전은 원래 저명한 작가들이 한 번쯤 청소년 책을 쓰도록 자극하기 위해 기획된 것이었다. 그러나 결과는 그렇지 못했다. "아니었지요. 달라가탄에 사는 아주 평범한 주부 아스트리드 린드그렌이었지요."[8]

한 주가 지나 아스트리드 린드그렌은 어린이 도서관 사서로서 공모전 심사위원을 맡았던 엘사 올레니우스를 만나 자신을 소개했다. 세월이 흘러 엘사 올레니우스는 그때의 만남을 이렇게 회상했다. "갑자기 한 숙녀가 그곳에 서 있었어요. 서른다섯에서 마흔쯤 되어 보이는 호리호리한 여성이었는데, 갈색 정장을 입고 작은 베레모를 쓰고 있었어요. …… 처음 마주치자마자 저와 아스트리드 사이에 인상 깊은 만남이 시작되었어요. 무슨 문제 때문인지 그녀는 불행해 보였어요. 왜 그러는지 묻자, 아스트리드는 무슨 일이 일어났는지 아무 꾸밈 없이 이야기해 주었어요."[9]

무슨 문제가 있었는지는 아스트리드 린드그렌 생전에 공식적으로 거론된 적이 한 번도 없다. 마르가레타 스트룀스테트의 전기에서도 이 일은 매우 조심스럽게 서술되었다. "아스트리드는 질병과 가족에 대한 불안과 근심이 자기 존재를 위협하던 무렵에 등단했다. 1944년 가을은 그녀에게 힘겨웠다." [10]

이 해에 그토록 그녀를 괴롭힌 일은 과연 무엇이었을까? 아스트리드의 딸 카린은 오늘날 이렇게 말한다. "이때는 엄마에게 힘든 시기였어요. 잠시 동안이지만 아빠가 외도를 했거든요. 어떤 여자가 아빠한테 반했어요. 아빠는 엄마에 비해 조금 어린애 같았지요. 이 일 때문에 엄마가 마음 고생이 심했어요." [11]

시간이 흘러 아스트리드 린드그렌은 글쓰기가 일종의 치유 과정과도 같았다고 회상했다. "글을 쓰고 있으면 모든 걱정이 사라졌어요." [12] 그녀는 그 다음 작품인 『세르스틴과 나』를 쓰기 시작했고, 아울러 『내 이름은 삐삐 롱스타킹』을 두 번째로 출판사에 보냈다. 이번에도 라벤 & 셰그렌이 주최한 공모전이었다. 이번에는 만 여섯 살에서 열 살 어린이를 대상으로 하는 작품 공모전이었는데, 『내 이름은 삐삐 롱스타킹』이 일등상을 거머쥐었다. 이로써 그녀는 어린이책 시장에서 그 누구도 걸어 보지 못한 성공의 길로 들어선다. 『내 이름은 삐삐 롱스타킹』은 스웨덴에서 모든 시대를 통틀어 가장 성공한 어린이책일 뿐 아니라, 전 세계 어린이에게 가장 많이 읽히고 사랑받는 이야기가 되었다. 이제까지 이 책은 85개 언어로 번역되었다.

1944년은 어린이책 주인공들의 세대 교체가 이뤄지기에 충분히 성숙한 시기였다. 현대적인 아동 교육을 둘러싼 토론이 지난 몇 해 동안 격렬하게 벌어졌고, 건방진 삐삐는 복종에 길들여진 아이들에 대한 반례로 정당화되었다. 버트런드 러셀은 1930년대에 유년기의 존재에 관한 통찰력 있는 이론을 담은 책을 출간했다. 지그문트 프로이트 역시 어른들이 노이로제를 일으키는 뿌리, 곧 그 원인이 놓여 있는 시기로 유년기를 주목했다. 그러나 그의 제자 알프레드 아들러는 프로이트의 이론에 반대한다. 그는 프로이트와 달리 억압된 아이의 성적 욕구가 아니라 열등감이 트라우마의 원인이라고 보았다.

이런 배경에서 볼 때, 삐삐는 심리분석가의 시각으로 관찰하면 매우 흥미로운 환자였을 것이다. 하지만 이 책은 그런 운명을 피해 갈 수 있었다. 본니에르스 출판사가 출판을 거절한 뒤 아스트리드 린드그렌이 원고를 고쳐 썼기 때문이다. 아스트리드 린드그렌 연구자 울라 룬드퀴스트는 처음 탄생한 원고의 60% 가량이 수정되었다고 결론지었다. 안타깝게도 어떤 부분이 자발적으로 고쳐졌고, 어떤 부분이 출판사의 압력으로 수정되었는지는 구분할 수 없다. 원본은 지금까지 스톡홀름 왕립도서관에 잠긴 채 잘 보관되어 있다. 딸 카린이 소유자이고 몇몇 특권을 가진 사람들만 읽을 수 있다.(원본 삐삐는 이 책이 출간된 뒤인 2007년 독일에서 출간되었다.)

선택받은 특권층 가운데 한 사람이었던 쾰른 대학의 아스트리드 주어마츠는 원본과 수정본의 차이에 관한 논문을 한 편 작성했다.[13] 그녀는 원본의 삐삐를 "대단히 거칠고, 결코 수정 원고에서처럼 그렇게 선량하지 않은"[14] 성격으로 묘사했다. 수많은 말놀이 시구들도 빠졌는데, 잠들기 전 삐삐가 자신에게 불러 주는 자장가에 나오는 문구, "잘자라, 꼬마 친구 잘자라. 맥주통은 통통 비고 담배곽은 더 꽉꽉 차고, 우리 멋진 할아버지를 위해서"[15]도 그 가운데 하나다. 당시에는 맥주나 담배가 6~10세용 도서에 등장하는 것을 금했고, 또 그렇게 하는 것을 당연하게 받아들였다. 또한 삐삐를 고아원으로 보내려는 나이 든 엄격한 숙녀와 유머라고는 조금도 없는 한 신사가 삐삐를 방문하는 장면도 빠져 있다. 나중에 『내 이름은 삐삐 롱스타킹』이 영화로 제작되면서 이 장면이 다시 등장하긴 하지만, 삐삐가 처한 상황에서 당연히 뒤따를 수밖에 없는 이런 일을 삭제한 것은 납득하기 어렵다.

『내 이름은 삐삐 롱스타킹』의 원본은 아이들을 대하는 어른들의 행동을 훨씬 더 야비하게 그리고 있다. 아이들을 벌주기 위해 언제나 폭력을 휘두를 준비가 되어 있는 어른들 모습이 조금도 가려져 있지 않다. 원본의 삐삐는 수정본에서보다 훨씬 더 거침없는 성격인 것 같다. 원본에서 삐삐는 학교를 그만두면서 앞으로 이런 유치한 짓에 시간을 보내는 일은 절대로 없을 거라고 단호하게 선언하지만, 수정본에서는 이와 대조적인 반응을 보인다. 삐삐는 학교에서의 마지막 수업 시간에 이제껏 자신이 잘못 행동해 왔다고 뼈저리게 후회한다. 덧붙여 아빠는 흑인의 왕이고 엄마는 하늘나라 천사가 되어 버린 아이를 너그럽게 이해해 달라고 부탁한다. 말은 그렇게 했지만 삐삐가 정말 후회를 한 것인지, 아니면 그런 척 연극을 한 것인지 독자로서는 더욱 궁금증이 인다.

수정본은 원본보다 덜 불경스럽고 온순하며 사회적으로 용납될 수 있도록 고쳐졌지만, 출판사는 책날개를 달아 논쟁의 여지를 없앴다. 삐삐는 다른 어린이들이 해서는 안 되는 일들을 하지만, "너무나 우스꽝스럽고 천진한 방식과 태도로 행동하기 때문에, 아이와 어른들 모두 삐삐에게 마음을 빼앗기게 된다"고 쓰여 있다.[16]

1945년 스웨덴에서 『내 이름은 삐삐 롱스타킹』이 출간되자 비평가들은 처음에 매우 긍정적으로 반응한다. 그러나 속편 『꼬마백만 장자 삐삐』가 출판 시장에 모습을 드러내자 격렬한 논쟁이 불붙는다. 이러한 논쟁은 영향력 있는 문학 연구가 욘 란드퀴스트 교수가 일간지 『아프톤블라데트』의 문예면에 기사를 쓰면서 시작되었다.

1946년 8월 18일, 그는 "저질 작품의 수상"이라는 제목으로 이 책을 맹렬히 비난했다. 그는 삐삐가 벌이는 일들을 정신이상 때문에 일어나는 이해할 수 없는 일로 몰아세웠다. 자신은 단 한 번도 이 책에서 재미를 발견하지 못했다고도 했다. 정상적인 아이라면, 혼자서 커피 두세 잔을 들이키며 케이크 한 판을 통째로 먹어치우거나, 설탕을 뿌려 놓은 길 위에서 맨발로 산책하는 일 따위에 재미를 느끼지 않을 거라고 지적했다. 또한 이야기에 등장하는 모든 것이 과장되어 있고 그럴듯하지 못하다고 비난했다. 두 아이를 불 속에서 구해 내는 삐삐의 거침없는 행동은 몰인정하기까지 하고, 광대버섯(독버섯의 일종으로 우유와 함께 끓여 파리를 잡는 데 사용한다.)을 깨무는 일은 무책임하다고 적었다. 그리고 "린드그렌 책에 등장하는 이 자연스럽지 못한 여자아이와 그 여자아이가 벌이는 형편없는 모험은 …… 단지 영혼에 생채기를 내는 불쾌감만 줄 뿐"[17]이라며 글을 마무리했다.

　마치 기다리고 있었다는 듯, 한 사람이 비판의 물꼬를 트자 사방에서 앞다투어 같은 목소리들이 쏟아져 나왔다. 독자들은 편지를 보내 거친 입으로 수다를 떠는 뻔뻔한 여자아이가 어린 독자들에게 좋지 못한 본보기가 되고 있으며, 책에 쓰여진 말들이 아이들에게 상스럽고 거칠게 작용한다고 꼬집었다. 이에 이 책을 옹호하는 이들은 지금 일고 있는 거센 비판의 물결이야말로 이런 유의 책이 이제껏 어린이책 지대에 얼마나 부족했는지를 여실히 드러내는 반증이라며 맞섰다. 이 토론에는 특히 교사들이 적극 동참했다. 삐삐의 행동을 자신들의 권위에 대한 공격으로 받아들였기 때문이다.

　당시 스웨덴 학교에서 체벌은 여전히 정당한 권리로 통용되고 있었다. 1958년에 이르러서야 학교에서 체벌이 금지되었다. 1924년 영국인 닐이 서머힐 학교를 세워 이른바 '자유 교육'을 실현하게 된 뒤로 그의 사상은 유럽 전역에서 열정적으로 토론되었다. 닐은 자유 교육을 강제가 아닌 자유로운 교육으로 이해했지, 아이들을 교육 자체로부터 해방시키려 한 게 결코 아니었다. 하지만 뜻밖에도 그의 명제들은 이런 잘못된 방식으로 해석되기도 했다.

　세월이 흐르면서 『내 이름은 삐삐 롱스타킹』이 교육 자체가 아니라 강압적인 교육을 문제 삼았음이 명백해졌지만, 모든 교육 이론은 삐삐를 외톨이로 내몰았다. 아스트리드 린드그렌은 직감과 환상으로 인물을 탄생시켰지, 어떤 교육 이념의 잣대를 바탕에 둔 것이 아니었다. 삐삐는 책을 읽고 있는 아이들의 비현실적 소망과 맞아떨어졌지만, 대학의 교육학 세미나에서는 그렇지 못했다. 삐삐라는 인물은 권위적 혹은 반권위적으로 일축되었다.

『내 이름은 삐삐 롱스타킹』을 둘러싼 논쟁은 진정될 기미를 보이지 않고 새로운 교육학 경향이 나타남에 따라 반복해서 연구, 분석되었다. 1970년대에 이르면 자유의 개념이 1950년대와 다른 방식으로 이해된다. 곧 사람들이 자유를 '…로부터'의 자유가 아닌 '…을 위한' 자유로 정의하려 들자, 많은 이들이 삐삐를 사회 비판적 시각이 심하게 결여된 인물로 받아들인다. 이제 사람들은 삐삐를 자유주의적인 개인주의자로 평가했고, 금화가 잔뜩 든 가방까지 갖고 있어서 자본주의적 시민성의 상징이라고 비난하기까지 했다.

제멋대로인 계집아이에 관한 이 책은 교육 문제를 함께 토론하면 안 되는 아이들에게 '해방'감을 맛보게 해 주었다고 울라 룬드퀴스트는 명료하게 표현했다. 그녀는 "20세기의 어린이, 삐삐 롱스타킹 현상과 그 전제들"이라는 제목으로 박사학위 논문을 썼다. 룬드퀴스트는 자기 세대가 순응적이며 겁이 많다고 느꼈고, 그런 이유로 자신과 자신의 세대는 린드그렌의 책을 열광적으로 받아들였다고 해석했다. "어떤 어른이 이 모든 것을 생각해 냈다는 사실, 어리다는 것이 어땠는지를 기억하는 어른이 있다는 사실, 그리고 나아가 아이들 편이 되어 줄 수 있는 어른이 어딘가에 존재한다는 사실을 알게 된 것이 말할 수 없는 감동을 안겨 주었다." [18]

아스트리드 린드그렌은 이런 유의 토론과 전적으로 거리를 두었다. 그러나 딱 한 번, 1948년 『후스모데른』이란 잡지에서 어떤 작가가 삐삐야말로 자유롭게 교육받기는커녕 조금도 교육받지 못했다고 비난하자 발언권을 행사한다. 그 작가는 이런 베스트셀러를 마주하고 아이들이 고집을 부리며 반항한다면, 그건 조금도 놀랄 일이 아니라고 했다. 뿐만 아니라 부모는 아이를 교육할 때 자신의 본능을 존중하는 편이 나으며, 어떤 경우라도 교육 지침서를 읽지 말아야 한다고 충고했다.

이런 주장은 아스트리드 린드그렌을 자극하여 반론을 펼치게 했다. 아스트리드는 노골적인 예를 들어 부모가 아이를 교육하면서 자신의 본능에 따라 행동하면 어떤 일이 벌어지는지를 보여 주었다. 부모가 본능에 따라 아이를 때리겠다고 협박하거나, 아이를 깊은 공포로 몰아넣는 일이 적지 않은 게 현실이다. 그러나 그러한 부모일지라도 책에서 몇 가지 중요한 사실들, 예를 들어 아이들이 보호받고 있다고 느끼는 것이 살아가는 데 절대적으로 필요함을 배울 수 있지 않겠는지 되물었다. "아이들에게 사랑을 선물하고, 더 많은 사랑을, 그리고 더 더욱 많은 사랑을 선물한다면, 바른 행실은 저절로 우러나게 된다." [19]

이로부터 15년이 지난 뒤 아스트리드 린드그렌은 인터뷰를 통해 다시 한 번 논쟁에 개입한다. "만약 단 한 번이라도 삐삐라는 인물을 다른 성격으로 만들려고 했다면, 어린 독자들에게 즐거움 이상의 어떤 것을 주는 인물로 만들 작정이었다면, 아마 그건 이런 것이었을 거예요. 그러니까 사람이 힘을 잘못 사용하지 않고도 권력을 가질 수 있음을 보여 주는 것이죠." [20]

모든 논쟁에도 불구하고 이 책은 서서히, 그러나 확실하게 고전의 반열에 접어들었다. 비판의 목소리가 잦아든 적이 없었음에도 불구하고 점차 전 세계에서 승전고를 울렸다. 그렇지만 최근인 1990년대까지도 오스트리아의 한 언론인은 이 책을 비판했다. 비엔나에서 젊은이들이 신호등을 무시하고 운전하는 것이 삐삐 롱스타킹 탓이라고.

어쨌거나 삐삐 롱스타킹은 적자에 시달리던 라벤 & 셰그렌에게 마지막 구원의 손길이었다. 몇 해가 지난 뒤 한스 라벤은 인터뷰에서 "삐삐가 없었더라면 출판사는 살아남지 못했을 겁니다"[21]라고 결론지었다. 이 출판인은 두 가지 행운을 얻은 셈이었다. 한스 라벤은 공모전에 응모한 원고들을 읽어 보기도 전에 본니에르스 출판사에 모든 자료를 팔려고 했었다. 그러나 본니에르스 출판사는 이 제안을 받아들이지 않았고, 그럼으로써 넝쿨째 굴러들어온 박, 삐삐 롱스타킹을 두 번이나 차 버린 결과를 낳았다.

자신을 옭아매던 마법이 사라졌다. 아스트리드 린드그렌은 자기 입으로 무슨 일이 있어도 되지 않겠다고 다짐했던 사람이 되어 버렸다. 바로 작가가 된 것이다. 샘솟듯 솟아나는 생각들을 도저히 그 속도에 맞춰 종이에 옮겨 적을 수 없을 정도였다. 처음 3년 동안 그녀는 여섯 권이라는 적지 않은 책을 써서 출판했고, 아주 빠른 출세길을 달려갔다. 『브리트 마리는 마음을 놓는다』(1944년) 말고도 삐삐 롱스타킹 두 권(1945, 1946년)과 또 다른 소녀소설 『셰르스틴과 나』를 출판했다. 이 책은 아스트리드 린드그렌 작품에서 흔히 볼 수 있는, 꽤나 전형적인 캐릭터인 '신선한' 두 소녀가 겪는 조금은 밋밋한 성장기로 1945년에 출간되었다. 이어서 첫 번째 청소년 탐정소설 『소년 탐정 칼레』(1946)를 쓰고, 이 원고를 다시 한 번 라벤 & 셰그렌의 공모전에 출품해서 다른 작가와 공동 일등을 수상하는 영예를 안는다. 또한 같은 해에 『떠들썩한 마을의 아이들』이 나온다. 나이 어린 아이들을 대상으로 하는 이 전원적인 이야기에, 그녀는 네스에서 보낸 어린 시절을 되살려 놓았다. 영원히 사라지지 않도록.

물론 스웨덴에서만 그런 건 아니었지만, 당시 스웨덴 사회는 어린이 및 청소년 문학에 이전보다 더 많은 가치를 부여하게 되었다. 세계대전을 경험한 부모, 교사, 비평가 들은 자라나는 세대에게 가치 있는 문학 작품을 전해 주는 것이 얼마나 중요한지 깨달았다. 어린이책의 내용이 공적인 장에서 토론되었고, 작가들을 지원하기 위한 단체가 생겨났다. 스웨덴 일간지 『스벤스카 다그블라데트』는 처음으로 어린이책 작가 두 명에게 일 년 동안 등단 지원금을 주었다. 바로 아스트리드 린드그렌과 안나 리사 룬드크비스트였다. 아스트리드 린드그렌은 "내가 조금, 정말이지 아주 조금 '유명해'졌다고 한다. 그렇지만 난 이런 일에 관해 적고 싶지 않다"[22]라고 일기장에 써 놓았다.

『소년 탐정 칼레』가 성공을 거둔 뒤, 한스 라벤은 아스트리드 린드그렌에게 편집자 자리를 제안한다. 이로써 출판사 사장은 한 번에 두 가지 실리를 얻는다. 성공을 보장하는 작가를 자기 기업에 끌어들였으며, 그녀의 도움을 받아 어린이책 전담 부서를 세워 나간 것이다.

아스트리드의 일상이 크게 변했다. 오전에는 집에 앉아 자기 책을 쓰고, 오후 1시에 출판사로 출근해 오후 5시까지 머물렀다. 그러나 저녁에는 가족들과 더불어 시간을 보냈다고 한다. 그리고 여전히 집안일을 맡아 줄 사람을 두고 있었다.

몇 해가 채 지나지 않아 아스트리드 린드그렌은 전문적인 작가이자 편집자가 되었고, 이 두 가지 일은 그녀에게 커다란 기쁨을 안겨 주었다. 라벤은 그녀가 매우 자유롭게 일할 수 있도록 배려했다. 그는 투고된 원고들을 일차적으로 추려 내는 일에만 관여했고, 나머지는 아스트리드 마음대로 결정할 수 있었다. 해마다 새로운 응모전이 있었지만, 그녀의 책상 위에 놓이는 원고 수는 아직까지 감당할 수 있을 정도였다. 그래서 처음 몇 해 동안에는 비서가 없었다. 아스트리드는 사무실 규율을 철저히 지켰고, 몇몇 프리랜서 동료들과 함께 작업했다. 서른아홉 살의 편집자는 책을 만들어 내는 데 있어 장정과 조판, 인쇄 등의 과정에는 조금도 신경 쓸 필요가 없었다. 단지 좋은 원고와 관련된 일만 했다.

그렇다면 그녀는 출판에 대해 어떤 생각을 갖고 있었을까? 출판되려면 그 책이 좋은 책이어야 한다는 기준을 제외하고는 어떤 요구 사항도 없었다. "미래의 어린이책 작가에게"라는 글에서, 아스트리드 린드그렌은 자신이 지키고 있는 몇 가지 기본 원칙을 밝혔다. 언어를 아이들에게 맞게 잘 가려 쓰고 다듬어야 한다는 점과, 작가가 하고자 하는 말이 드러나 있어야 한다는 점이다. 어른들만 이해할 수 있는 말은 삼가야 하지만, 아이들 마음에 쏙 드는 익살스러운 이야기는 흘러넘쳐도 좋다.

아스트리드 린드그렌은 사회 비판이 잔뜩 덧칠된 1970년대의 '현대적'인 어린이책들을 비판하곤 했지만, 그렇다고 오늘날 세계 어린이들이 처한 문제를 못 본 체 외면하거나 거론하지 않은 건 아니었다. 그녀는 이러한 문제들을 자신만의 방식으로 다뤘다. 그녀의 작품 가운데 많은 책들이 동화적이고 신비로운 겉모습을 하고 있지만, "작품 세계로 들어가면 익숙한 문제들과 마주하게 된다. 인간의 냉혹함, 증오, 적개심, 단절된 관계들, 공포, 그리고 죄악 등은 아스트리드 린드그렌의 어린 주인공들이 춤추기 시작하는 무대가 된다"[23]고 언론인 게르트 외딩은 이야기한다.

아스트리드 린드그렌은 직감에 몸을 내맡긴다. "머리를 너무 많이 굴리지 말라! 그것이 최선이다. 솔직히 터놓고 마음 가는 대로 써라. 난 모든 어린이책 작가들이 어른을 대상으로 글을 쓰는 작가들에게 당연히 허용되는 자유, 곧 쓰고 싶은 것을 쓰고 싶은 대로 쓸 자유를 누리기를 바란다."[24]

라벤 & 셰그렌은 오래전부터 소녀들을 대상으로 한 시리즈를 출간해 왔다. 그런데 아스트리드 린드그렌은 이 시리즈를 참기 힘들 정도로 밋밋하게 여겨 출판인에게 이 시리즈를 떼어 버리자고 제안한다. 새로운 성격을 마련하려면 그런 시시한 것을 계속 출판하면 안 된다고 말하자, 한스 라벤은 그 시리즈가 변함없이 잘 팔린다는 사실을 환기시켰다. "그때 저는 집으로 돌아와 버렸는데, 그는 제가 일을 그만둘까 봐 두려워했어요."[25]

처음부터 자의식 강한 작가와 노련한 출판 전문가 사이에 과장된 배려 따위는 조금도 없었다. 아스트리드는 성미가 불같아 화를 불끈 내곤 하는 사장을 제대로 다룰 줄 알았고, 사장이 작가들에게 사과하게 만드는 몇 안 되는 출판사 직원 가운데 하나였다.

출판사가 작가를 편집부에 고용하는 것은 좀처럼 흔한 일은 아니다. 이 시기에 어린이책 전담 부서가 막 자리를 잡아 가고 있었고, 그 누구도 아스트리드 린드그렌이 몇 해 안에 세계적인 명성을 얻게 되리라고는 예상하지 못했다. 얼마 지나지 않은 1952년,

셰르스틴 크빈트가 해외 원고 담당 편집자로 오게 된다. 같은 해에 라벤＆셰그렌에서 나중에 아스트리드 후임자 자리를 맡는 마리안네 에릭손도 어린이책 부서에서 일하기 시작한다.

"그 당시 전 아이가 너무 어려서 하루 세 시간씩 비서로 일했어요. 그리고 나중에는 아스트리드의 조수가 되었지요. 그녀는 정말 독특하고 지적이며 빠르고 효율적인 사람이었어요. 편지를 받아 적을 때면 유창하게 문장들을 불러 주었고, 책날개 문구들이 그녀의 손끝에서 부드럽게 풀려 나왔어요. 아스트리드는 모든 것을 척척 읽어 냈어요. 그 밖의 일에서도 정말 유능했고요. 우리한테도 같은 것을 기대했냐고요? 물론이에요. 그렇지만 한번도 그 마음을 말로 드러낸 적은 없었어요. 그럴 필요가 전혀 없었지요. 함께 일한 많은 작가들이 아스트리드에게 신세를 졌어요. 그녀는 어떻게 하면 좋은 책을 쓸 수 있는지 꿰뚫어 보고 있었지요."[26]

작가들은 린드그렌한테서 얼마나 많은 것을 배웠는지 되풀이해서 밝히곤 했다. 일반인도 읽을 수 있도록 공개된 편지들을 보면, 이런 이야기들이 예의상 형식적으로 한 말이 아님을 알게 된다. 그 표현 속에는 거장의 동료를 향한 진심 어린 감사가 담겨 있다. 아스트리드 린드그렌은 인내심 있고 생산적이었지만, 비판을 가하고 엄격한 평가를 내려야 할 때면 매우 끈질기고 분명했다. 그렇다고 친절하지 않은 것은 아니었다. 오히려 엄마처럼 문제 해결에 적극 참여했다.

마리안네 에릭손의 말이다. "그녀는 수많은 원고를 받아 읽고 세 쪽에서 네 쪽에 이르는 논평을 썼어요. 그녀는 매우 비판적이었지만 훌륭한 작가들을 찾아냈어요. 전 그녀한테서 원고를 읽고 작가를 대하는 방식을 배웠어요. 가끔씩 일단 집으로 돌아가서 논평에 대해 곰곰이 생각해 보는 게 어떻겠냐고 작가들에게 얘기해야 할 때가 있었어요."[27]

아스트리드는 동료 작가 한스 페테르손에게 다음과 같이 적었다. "이 글에는 정말 익살스럽다고 여겨지는 곳이 많아요. 이런 표현을 읽다 보면 한스 페테르손이 구사하는 재기발랄한 기지에 저절로 감탄이 우러나옵니다. 그렇지만 그 기지들은 우리 어른들을 위한 것이지 아이들을 위한 것은 아니에요. 여기에서 아이는 보기 드물게 조숙한 일곱 살짜리예요. 이 아이는 아이처럼 말하지 않아요. 자기는 만화 따위는 도저히 읽을 수 없다고 말하는 아이 같아요."[28] 이어서 "그리고 결말도 문제가 됩니다. 마음씨 좋은 한스 씨, 아이들이 밀수범들을 뒤쫓아 체포하게 만들지 마세요. 전체적으로 마티아스 시리즈는 무척 아름답고 따스하면서도 아이들을 현실적으로 묘사하고 있어요. 그런데 밀수범 사냥으로 끝을 맺으면 이런 좋은 흐름에서 어쩔 수 없이 멀어질 수밖에 없겠지요."

또한 유명한 스웨덴 작가 바르브로 린드그렌—아스트리드 린드그렌과 친인척 관계가 아니다—도 린드그렌에게서 중요한 가르침을 받는다. 아스트리드는 그녀의 등단작을 돌려보냈다. "사건들 하나하나가 충분히 전개되기도 전에 작가가 너무 쉽게 한 사건에서 또 다른 사건으로 미끄러지듯 넘어가 버리기"[29] 때문이었다. 그렇지만 아스트리드 린드그렌은 새로 수정한 원고를 받아 보고 싶다고 적었다. 무슨 일이 있어도 작가의 용기를 꺾을 생각은 없다고 했다. 그리고 새로운 원고가 도착했다. 바르브로 린드그렌은 이야기를 수정했고, 몇 달 뒤 라벤 & 셰그렌에서 출판되어 커다란 성공을 거두었다. 오늘날 바르브로 린드그렌은 마리안네 에릭손과 함께 어린이책 출판사를 운영하고 있다.

아스트리드 린드그렌은 흔들림 없이 분명하게 자기 의견을 제안했지만, 자신의 실수를 기꺼이 인정하는 일도 어려워하지 않았다. 그녀는 칼 루네 노르드크비스트라는 작가에게 정신병자를 책에 등장시키지 말라고 설득한 적이 있다. 아이들은 이런 인물에 별 관심을 보이지 않을 거라고 예상한 것이다. 그러나 노르드크비스트는 자기 생각대로 정신병자를 등장시켰고, 이 캐릭터는 호평을 들었다. 아스트리드는 스스로 신문 기사를 오려 보내며 그에게 이야기했다. "당신이 얼마나 잘 했는지 알겠지요. ……내가 미치광이 노인네를 빼라고 우기면서 훼방꾼 노릇을 하려 했군요. 이 일이 내게 가르침을 주었어요! 이런 가르침은 조금도 거슬리지 않아요. 오히려 자주 있으면 좋겠어요."[30]

편집자로서 아스트리드는 가끔씩 작가라면 고려하지 않을 상황을 주목했다. 그래서 어떤 작가에게 임신에 관한 언급을 빼라고 충고도 했다. 물론 하찮은 세부 사항이지만 많은 부모들이 아이에게 그런 것을 설명해 주고 싶어 하지 않을 테고, 그 점이 책에 해가 될 수도 있다고 말했다. 마르가레타 스트룀스테트는 이점에 착안해 흥미로운 질문을 던졌다. 아스트리드 린드그렌이 만약 작가가 아니라 어린이책 편집자였다면, 『내 이름은 삐삐 롱스타킹』을 어떻게 바라보았을까 하는 질문이다.

그녀는 좋은 어린이책을 쓰는 데 꼭 들어맞는 처방전 같은 건 갖고 있지 않았다. 린드그렌도 그 사실을 인정했다. 그녀는 단지 확실히 효과를 나타내지 못하는 창작법에 관해 알고 싶을 뿐이었다. 그녀는 말한다. "직업이 용접공이며 이혼한 엄마를 예로 들어 보자. 그러나 다급하다면 핵물리학자 역시 마찬가지다. 중요한 것은 엄마가 '바느질'도 하지 않고 '사랑스럽지'도 않다는 점이다. 여기다 구정물과 오염된 물을 어느 정도 섞어 넣고, 세계적으로 만연한 기아와 폭군 부모와 교사들이 자행하는 폭력까지 더한다. 또 성차별을 한 수저 듬뿍 담아 양념으로 넣고, 성교와 마약 중독까지 충분히 뿌려 넣고 뒤섞으면, 정말 느끼하고 자극적인 잡탕 요리가……." [31]

작가로서 아스트리드 린드그렌은 비평가들의 지적을 받을 만한 사항에 골머리를 앓지도 좌우되지도 않았다. "엄마는 자신이 쓴 책들에 관해 누구와도 토론하지 않았어요. 그런 것을 몹시 싫어했을 거예요." 딸 카린은 회상한다. "이야기를 펼쳐 나가는 방법에 대해 엄마만의 확고한 믿음이 있었기에 그런 유의 의견 교환은 필요하지 않았어요. 엄마는 심하다 싶을 정도로 비판적이어서 원고를 몇 번이나 고쳐 썼지만, 다른 사람이 간섭하도록 내버려 두진 않았어요. 한번은 아빠가 이야기를 이렇게 고쳤으면 좋겠다며 몇 가지 아이디어를 내놓았지만, 그냥 흘려듣기만 했어요." [32]

스투레가 딱 한 번이라도 미완성 원고를 읽어 보았다는 사실은 매우 예외적인 일이다. 보통 아스트리드는 책이 나오기 전까지 원고를 누구에게도 보여 주지 않았다. 그녀는 웃으면서 남편의 반응에 대해 설명했다. "남편이 고쳤으면 하는 부분에 대해 정말 몇 가지 시시한 제안을 했지만, 난 하나도 귀담아듣지 않았어요."[33]

그러면 집필을 시작하기 전 구상 중인 작품에 관한 아이디어를 누군가와 의논했을까? "아니요. 그에 관해서는 입도 뻥긋하지 않았어요." 셰르스틴 크빈트가 전한다. "아마도 머릿속에 있는 생각에 대해 딸이랑은 조금씩 이야기를 나눴을 거예요. 그녀는 말을 해 버리면 아이디어가 망가질까 봐 두려워했어요. 그래서 글감에 관한 생각들을 혼자서만 간직하는 걸 원칙으로 삼았어요. 그리고 사람들이 자기 책에 대해 이야기하는 것을 조금도 즐거워하지 않았어요. 자기 책을 좋아하건 말건, 아스트리드는 토론하려 들지도 분석하려 들지도 않았어요. 또 문학 비평가들이 찾아내는 것들을 맘에 들어하지 않았고, 그녀는 그런 일들을 비웃었어요."[34]

언론인들은 그녀를 견딜 수 없을 만큼 귀찮게 했다. "무엇을 위해 아이들을 교육하려는지 끝도 없이 질문을 받는다. 그러면 나는 모든 아이에 대해 생각하지 않는다고, 오로지 내 안에서 숨 쉬고 있는 그 아이에 관해서만 생각한다고 되풀이해서 대답한다."[35]

그녀는 이러한 진술을 자주 되풀이했지만, 그것이 무엇을 뜻하는지는 설명하지 않았다. 아스트리드 린드그렌은 두 세계를 넘나들며 살았을까? "그랬을지도 몰라요." 카린은 오늘날 그렇게 생각한다. "제 눈에 엄마는 매우 성숙한 어른으로 비쳤어요. 엄마는 도움과 충고가 필요하고 또 그걸 청하는 수많은 사람들을 책임질 준비가 되어 있었어요. 그러나 글을 쓸 때면 어른들이 사는 이러한 피곤한 세상에서 벗어나 곧장 아이들 세계로 날아갈 수 있었지요. 어린 시절은 엄마의 삶에서 가장 행복했던 시간이었어요. 어린 시절이야말로 엄마에게 행복과 힘의 원천이었어요."[36]

마르가레타 스트룀스테트는 카린의 설명에서 한 걸음 더 나아간다. 아스트리드의 모든 문학 작품은 그녀의 어린 시절이 없었다면 탄생하지 못했을 거라고 생각한다. 살아 있는 동안 그녀는 줄곧 어린 시절 속에서 사는 것 같았다. "사람들은 어린 시절을 돌이켜보며 분명히 만족스러워할 것이다. 아스트리드 린드그렌이 묘사하고 있는 삶 이야기도 어린 시절이 막을 내리는 바로 그 지점에서 끝나고 있을 게 틀림없다.[37]

아스트리드 린드그렌은 지칠 줄 모르고 어떻게든 편집 활동과 집안일을 함께 해냈다. 딸 카린은 말한다. "우리 집에는 집안일을 맡아서 해 주는 사람이 있었어요. 처음에 저는 집에 와서 점심을 먹었지만, 나중에 열대여섯 살 되면서부터는 학교에서 점심을 먹었어요."[38]

아스트리드는 출판사 일과 작가 활동 말고 또 다른 계약을 맺었다. 아마도 스웨덴 바깥세상에 대해 호기심이 많았기 때문일 것이다. 1948년, 아스트리드는 『다메르나스 벨드』라는 여성 잡지에 기사를 쓰기 위해 올렌 & 아켈룬드 출판사와 계약을 맺고 미국에 간다. 나중에 알려졌지만, 가장 재미있는 기삿거리는 바로 그녀 자신에게 일어난 사건이었다.

스투레는 아스트리드가 며칠 묵을 숙소를 뉴욕에서 가장 방값이 비싼 리츠 타워에 마련했다. 그런데 출판사가 약속한 경비를 선불로 지불하지 않자, 숙박료를 낼 수도 퇴실할 수도 없게 되었다. 그녀는 근심에 휩싸여 친구에게 편지를 썼다. "사랑하는 알리야, 날 위해 기도해 줘! 기도가 절실히 필요해. 난 지금 이 도시에서 가장 세련된 호텔에 묵고 있는데, 5달러밖에 없어. 그레타 가르보도 같은 호텔에 묵고 있지만, 요 며칠 새 헐리우드에 가고 없단 말이야."[39] 다행스럽게도 아스트리드는 곤경에서 구해 줄 스웨덴 출판인을 곧 만난다.

아스트리드는 여러 주에 걸쳐 미국 대부분의 지방을 여행했다. 남쪽 지방도 빼놓지 않았다. 그리고 기사를 쓰기 위해 모은 자료를 토대로 청소년소설 『미국에 간 카티』를 쓴다. 이 책은 아마도 그녀가 지은 소녀소설 가운데 최고이자 가장 익살맞은 작품일 것이다.

스웨덴 젊은이 카티는 나이 많은 이모와 함께 미국을 여행하면서 두 세계의 만남을 풍자적으로 논평한다. 두 세계의 만남이란 구세대에 속한 이모와 신세대를 열어 가는 카티의 만남을 뜻한다. 스웨덴의 전통적인 농촌 사람을 대표하는 이모는 미국 생활의 여러 면들을 도무지 납득할 수가 없다. 반면 카티는 미국 생활을 즐기며 방문국을 경험하는 데 도움이 될 만한 모든 길을 찾아 나선다. 카티와 이모는 잠깐 어떤 집의 가정부 노릇을 하기도 한다. 『이탈리아에 간 카티』나 『프랑스에 간 카티』 같은 속편과 달리, 이 첫 번째 책에서 작가는 미국의 문화와 정신적 태도를 파고든다. 피상적인 관광 차원에 머물러 있으려 하지 않으며, 여행 또한 사랑 이야기의 무대가 아니다. 『미국에 간 카티』에 등장하는 남자 친구는 누가 보아도 미국을 횡단하는 운전자 역할만 맡고 있다.

미국의 남부 주에 이르자 경쾌한 분위기는 갑작스럽게 끊어진다. 그곳에는 "흑인들이 인간이기를 포기할 수밖에 없는 한계 상황이 펼쳐져 있었기"[40] 때문이다. 카티는 할 말을 잃은 채 절망만이 숨 쉬는 빈민가를 지나간다. 한 늙은 흑인 여성이 피곤에 절어 입을 다물고 베란다에 놓인 흔들의자에 앉아 있던 모습이 잊혀지지 않는다. 카티는 흑인 거주 지역으로 가지 않으려는 택시 운전사나 자신의 생각을 알고서 동정 어린 눈길을 던지며 웃음 짓는 남자 친구 등 모든 이에게 분노에 차 덤벼든다. 카티는 아스트리드 린드그렌이 그 나이라면 감히 시도했음 직한 행동을 해낸다. 분노, 그저 솟구치는 화를 드러내는 것이다. 아무것도 상대화하려 들지 않으며, 어떤 특수한 역사적 배경도 이런 상황을 정당화하는 근거로 받아들일 수 없다. 그녀는 바로 그때 그곳에 도사리고 있던 불평등을 드러내 보이려 했다.

　1950년 무렵의 상황을 보면, 차별받는 인간 편에 공식적으로 서고자 한 소녀소설이 얼마나 드물었는지 더 분명히 드러난다. 스웨덴의 유명한 여기자 에바 본 즈바이베르크는 아스트리드보다 일 년 앞서 미국에 간다. 일간지 『다엔스 뉘헤테르』의 파견으로 난생 처음 미국을 방문한 그녀는 어떤 경우에도 흑인 문제를 다루지 않기로 결정한다. "그들 문제가 너무나 심각하기 때문이다. 처음으로 미국을 방문하는 이에게 정치적이고 역사적이며 감정적인 연관성들을 파악하고 접근하기란 너무나 광범위하고 어렵다."[41] 이러한 시기에, 곧 사람들이 세계대전을 겪고 비로소 자신의 좁은 시야에서 벗어나 세상을 보기 시작할 무렵에, 화장이나 남자 친구, 결혼 문제를 넘어선 일과 씨름하는 소녀 주인공을 청소년 도서에 등장시킨 것은 아스트리드에게 진심으로 감사할 일이다.

『내 이름은 삐삐 롱스타킹』은 1950년대에 독일에서도 출판된다. 함부르크의 출판업자 프리드리히 외팅거는 1949년 봄, 스웨덴 친구의 초청을 받아 스톡홀름으로 여행을 떠났다. 막 독립해서 사회과학과 경제학 서적을 다루는 출판사를 세울 무렵이었다. 이때 슐레스비히 홀슈타인(독일의 16개 주 가운데 하나로 독일 최북방에 위치하며, 주도는 키일이다.)에서 발행한 외팅거의 여권은 7번이었다. 그만큼 당시 독일 사람들이 외국으로 여행하는 일은 매우 드물었다. 그는 스웨덴의 수도에서 서점들을 꼼꼼히 둘러보았다. 당시 독일은 나치 치하의 관변화 정책으로 현대문학과의 연결고리를 완전히 잃어버린 상태였다.

외팅거는 어린이책 서가도 샅샅이 뒤졌는데, 이때 『내 이름은 삐삐 롱스타킹』을 만나게 된다. 호기심이 생겨 책장을 넘기고 있는데, 친절한 서점 직원이 이 얼빠진 이야기가 엄청난 성공을 거뒀다고 일러 주면서 작가를 만나고 싶은지를 물었다. 이 책 작가가 바로 같은 길모퉁이 건물에서 일하고 있다면서.

10분 뒤, 아스트리드 린드그렌이 말했듯이 운명적인 만남이 시작되었다. "매우 검소한 신사가 들어왔다. 온유한 인상에 갈색 눈동자를 지니고 있고 친절하게 웃음 짓던 남자는 눈에 띌 정도로 프란츠 슈베르트와 닮아 있었다. 그때 그는 특별히 성공한 출판인 같은 인상을 주지 못했다. 사실 매우 초라한 행색이었는데, 전쟁이 끝난 지 얼마 지나지 않은 독일에서 세련되게 옷을 차려입기란 쉽지 않았다. 부드럽게 시선을 던지던 그 사람은 자신을 소개하고, …… 그리고 독일어 출판을 위해 책을 검토할 권리를 줄 수 있는지 물었다."[42]

이미 독일의 다섯 출판사가 『내 이름은 삐삐 롱스타킹』 출판을 거절했기 때문에 회의적이었지만, 마침내 아스트리드 린드그렌은 그의 제안에 동의했다. 프리드리히 외팅거는 그가 늘 말했듯이, "가방 안에 금덩어리가 들어 있다는 사실을 알지 못한 채" 함부르크로 돌아왔다. 그의 부인 하이디 외팅거가 기억을 되짚었다.

"그가 여행에서 돌아온 지 얼마 지나지 않아 저녁에 편집자 한 명과 삽화가가 함께 둘러앉았어요. 친구가 번역해 주는 대로 『내이름은 삐삐 롱스타킹』의 처음부터 3장까지를 들었어요. 우리 모두는 너무나 흥분했어요. 그 이야기는 완전히 새로웠고, 뭔가를 뒤엎어 놓은 것이었어요. 전쟁이 끝나고 암울했던 시기에 꼭 맞는 이야기였죠. 바로 그 다음 날 우리는 스톡홀름으로 전보를 쳐서 출판 계약을 했어요. 가을에는 삐삐가 벌써 서점에 진열되었고요. 당연히 우리는 견본을 신문사에 보냈는데, 첫 반응은 아주 긍정적이었어요. 다만 교사들이 삐삐를 이해하지 못했어요. 그래서 처음에는 교사들의 강력한 반발에 부딪혔고 여러 번 해명 작업에 나서야 했어요. 그때까지만 해도 우리는 작은 출판사에 지나지 않았고 거의 알려지지도 않았었거든요. 그래요. 그렇게 우리 출판사의 어린이책 프로그램이 시작되었어요." [43]

독일에서 삐삐는 아이들 마음을 단번에 사로잡았지만 어른들은 매우 다른 반응을 보였다. 한편에서는 삐삐의 인정 없고 거친 말투와 행동을 지적하며, 이 책이 근본적으로 실패작이고 거부감을 준다고 했다. 다른 한편에서는 삐삐가 유쾌한 폭죽놀이 같고, 이제까지 감성적인 것들로 넘쳐 나던 어린이 문학에 불어 온 신선한 바람이라고 칭찬을 아끼지 않았다. 마침내 소녀문학에서 "텅 비고 깜찍한 종이인형 머리(외모만 신경 쓰고 생각 없이 행동하는 똑똑하지 못한 여자를 일컫는 표현) 옆에서 삐삐와 같이 완전히 다른 누군가를 발견할 수 있게 된 것은 잘된 일"[44]이라고 했다.

아스트리드 린드그렌은 무척 "보기 드문 멋진 출판인"을 프리이드리히 외팅거 출판사에서 찾아냈다며 흡족해했다. 사실 처음에는 잘 알지 못했지만 시간이 흐를수록 그 사실을 더 잘 깨닫게 되었다는 점도 솔직히 털어놓았다. 몇 해가 지나자 독일의 발행 부수가 스웨덴 발행 부수를 앞질렀다. 친밀한 사업 관계에 힘입어 정보 교환도 활기차게 이뤄졌다.

라벤 & 세그렌은 에리히 캐스트너나 쿠어트 헬트와 같은 독일 작가들의 책을 발행했고, 프리드리히 외팅거는 그와 반대로 아스트리드 린드그렌의 추천에 따라 스칸디나비아의 뛰어난 작가들을 연속해서 출판 프로그램에 넣었다. 20년이 지난 뒤 아스트리드의 딸 카린 뉘만은 스웨덴에서 가장 유명한 번역가 가운데 한 사람이 되었고, 크리스티네 뇌스틀링거나 페터 헤르틀링 같은 작가들의 작품을 번역했다. 2003년에 크리스티네 뇌스틀링거는 어린이·청소년 문학 분야의 노벨상에 해당하는 아스트리드 린드그렌 기념상을 수상했다.

함부르크의 출판인 가족과 스웨덴의 성공한 작가 사이에는 사업을 통한 협력 관계뿐 아니라 개인적인 우정도 돈독해졌다. 외팅거 가족들은 해마다 여름이면 스칸디나비아로 여행을 와서 아스트리드와 함께 푸루순드나 스톡홀름에서 며칠씩 머물렀다.

"우리는 아주 가깝게 연락하면서 지냈어요"라고 하이디 외팅거는 말한다. "우리는 매주 전화를 걸었어요. 아스트리드는 독일어 책을 즐겨 읽었고, 외우고 있던 괴테의 시를 가끔씩 읊어 주었어요. 그 가운데 많은 시들에 멜로디가 붙어 있어서, 제가 그 곡조들을 가르쳐 주었죠. 그러면서 우리는 수화기에 대고 같이 노래를 불렀어요. 정말 근사했어요. 그녀는 또 작가들이 주고받은 편지를 즐겨 읽었어요. 『너를 알아본 나도 어리석진 않아*Ich war wohl klug, daß ich Dich fand*』라는 서간집은 정말 아름다운 책인데, 하인리히 크리스티안 보이에와 루이제 메예르가 1777년에서 1785년 사이에 주고받은 편지들을 묶어 놓은 거예요. 그녀는 그책을 특별히 아꼈고 자주 인용했어요. 처음에는 그저 학교에서 배운 독일어만 할 수 있었는데, 그녀는 엄청나게 많은 것들을 아주 빠른 속도로 배워 갔어요. 처음 독일에서 강연했을 때는 제가 원고를 읽고 교정해 줬지만, 곧 그럴 필요가 없게 되었지요."[45]

6. 어스름 내리는 나라에서

1950년대 초반에 린드그렌 가족은 어떻게 생활했을까? 우리는 그에 대해 많은 것을 알 수 없다. 아스트리드의 일상은 책을 쓰고 편집하는 일로 꽉 차 있었고 저녁 무렵에도 자주 약속이 잡혔다. 학교 교실이나 라디오 방송에서 책을 읽어 주었고, 방송에서 낭독하기 좋게 작품들을 고쳐 쓰기도 했다. 인터뷰 요청이 밀려들었고, 가족과 함께할 시간이나 자신만을 위한 시간은 점점 줄어들었다. 혹시 그녀는 산더미같이 쌓인 일에서 도망치고 싶지는 않았을까?

카린은 이제 어엿한 십대로 자라 있었다. 엄마와 딸 사이는 얼마나 친밀했을까? 어떤 경쟁심 같은 것이 끼어들지는 않았을까?

"아뇨. 우리 사이에 경쟁 같은 건 없었어요." 카린의 대답이다. "엄마는 자신의 십대 시절을 조금도 마음에 들어 하지 않았어요. 그 시절을 텅 비어 있는 시간이라고 생각했고, 다시는 그때로 돌아가고 싶어 하지 않았어요. 우리 관계는 무척 돈독했어요."

70세가 된 카린 뉘만은 나이보다 훨씬 젊어 보이고 운동으로 단련된 모습이었다. 짧은 금발머리에 호리호리한 몸매였는데, 옆모습이 놀라울 만치 엄마와 닮아 있었다. 카린은 나를 아스트리드의 집으로 초대했다. 달라가탄 46번지 1층. 가족들은 이 집을 그대로 두고 싶어 했다. 식구들이 모여 잔치를 열 때 쓰거나 시내에 나가면 이 집에서 묵을 수 있도록, 또 아스트리드에 대한 기억을 간직하기 위해서다. "네. 이곳에서 엄마는 60년 이상 사셨어요. 제가 어렸을 때와 달라진 것은 별로 없어요." 카린은 이렇게 밝힌다. 가구와 그림 몇 점을 새로 들여놓고 양탄자를 새로 깔았으며 어린 시절의 장난감들이 사라졌다. "엄마가 안 계시니까 안타깝지만 집이 조금 어질러졌어요." 그녀는 솔직히 시인한다. "엄마는 모든 것을 정말 완벽하게 정리하셨어요."

바사 공원이 내려다보이는 거실은 아늑하게 꾸며져 있었지만 현대적이지도 특별히 고급스럽지도 않았다. 편안한 소파와 푹신한 안락의자, 바람이 잘 통하는 커튼, 그리고 아름답지만 소박하고 오래된 가구 몇 점. 거실에서는 책이 장식품보다 훨씬 더 중요한 위치를 차지하여 책꽂이에 잘 정돈된 채 사방의 벽을 가득 메우고 있다. 거실에 딸려 있는 작은 작업실도 천장까지 책들이 거의 들어차 있고, 그 앞에는 액자에 끼운 가족 사진과 친구들 사진이 걸려 있다. 벽 빈자리에는 수많은 그림들이 걸려 있는데, 그녀가 쓴 어린이책에 실린 원화들도 여러 점 있다. 창 앞에 놓여 있는 책상은 놀라울 정도로 조그맣고, 그 위에는 그녀가 쓰던 휴대용 타자기가 한 대 놓여 있다. 침실은 어둑하고 다른 곳과 마찬가지로 소박한 분위기가 지배적이다. 부엌을 한 번만 둘러보면, 이 집 사람들은 커피를 언제나 손으로 내려 마셨으며, 사용할 수만 있다면 아무것도 내버리지 않았다는 점을 바로 알아챌 수 있다. "사실 이 집이 특별할 이유는 전혀 없을지 몰라요. 그렇지만 우리 모두가 아직 엄마를 놓지 못하고 있어요."

유명한 작가의 딸로 자라는 것이 어려웠을까? "아니요. 제가 어렸을 때는 엄마가 아직 유명하지 않았어요. 더 커서도 엄마의 명성 때문에 불편해지는 일은 없었어요. 제 나름의 생활이 있었고 학교와 친구들이 있었지요." 아스트리드는 딸도 자신처럼 어린 나이에 임신하게 될까 봐 걱정했을까? 그리고 혹시라도? 카린은 웃으며 대답했다. "엄마는 무슨 일이 있어도 임신하지 않도록 항상 예방책을 써야 한다고 귀가 닳도록 말씀하셔서서 제게 각인되었어요."[1]

카린은 복잡하지 않은 아이였던 것 같다. 최소한 아스트리드 친구들 눈에는 그렇게 비쳤다. 셰르스틴 크빈트의 말이다. "카린한테는 아무 문제도 없었어요. 그렇지만 라르스에게는 거의 항상 문제가 따라다녔지요."[2]

라르스는 그 사이 고등학교를 마치고 일찌감치 탯줄을 끊고 독립했다. 몇 달 뒤엔 바다로 떠나 여름 내내 영국에서 지내다가 스톡홀름으로 돌아왔다. 이어 전문대학에 진학해 공학을 전공하고, 1950년에는 그의 아들이자 아스트리드의 맏손자인 마츠가 태어난다.

셰르스틴 크빈트가 회상한다. "라르스는 아주 일찍 결혼했어요. 스물넷쯤 되었을 때였지요. 아내는 똑똑하고 영민한 사람이었는데, 약사였고 라르스보다 나이가 조금 더 많았어요. 그녀는 라르스를 그리 다정하게 대하지 않았어요. 둘은 결혼 초반부터 문제가 있었고 곧 이혼했어요."[3]

아스트리드는 라르스가 언제나 자기가 하고 싶은 일을 반드시 해내고야 말았다며, 아들 때문에 미쳐 버릴 만큼 겁에 질렸던 몇

몇 상황을 기억해 냈다. 언젠가 푸루순드에서 라르스는 노로 젓는 보트를 타고 이웃 섬으로 떠났는데, 몇 시간이 흘러도 돌아오지 않았다. 갑자기 거센 비바람이 몰아치자 엄마는 뭔가 끔찍한 일이 벌어졌다고 확신했다. 나중에 밝혀졌지만, 라르스가 노를 너무 꼭꼭 숨겨 놓아서 찾을 수도 돌아올 수도 없었던 거였다. 모든 엄마들은 이런 순간에 어떤 느낌이 드는지 잘 알고 있겠지만, 아스트리드는 그 일로 특별히 마음 고생이 심했던 것 같다. 두려움을 극복하려고 무진 애를 썼지만 별 소용이 없었다. 그래서인지 그녀는 『마법의 섬 살트크로칸』에서 아빠 멜셰르를 자신과 비슷한, 쓸데없이 걱정 많은 인물로 그려 자신을 좀 희화화했다.

라르스는 아스트리드 가족의 걱정거리였다. 그가 친아버지와 연락이 닿았다 해도 생후 몇 년에 지나지 않았을 것이다. 예나 지금이나 어떤 사회도 혼외 출생에 대해 개방적이진 않다. 게다가 그 당시에는 요즘엔 너무나 당연하게 여기는 일, 그러니까 아이들이 친부모와 한울타리에 살지는 않더라도 연락하며 지내는 것을 도저히 있을 수 없는 일로 여겼다. 아마 라르스는 자신의 출생 배경에 수치심을 느꼈을 것이다. 누이동생만큼 사랑받고 있지 못하다는 두려움 역시 떨쳐 버리지 못한 것 같다. 아스트리드의 친구들은 이런 사실을 알고 있었다. 그런데 아스트리드가 이 문제에 관해 라르스나 카린 또는 스투레와 상의한 적이 있을까?

스투레는 라르스에게 많은 노력을 기울였다. 그는 라르스를 친자식처럼 대했지만, 조화로운 가족 생활은 처음 몇 해 동안 유지되었을 뿐 곧 그들을 지나쳐 버렸다. 아스트리드가 유명 작가의 길로 접어든 바로 그 몇 해 사이에 끔찍한 비극이 싹트기 시작한 것이다. 정확히 언제 스투레 린드그렌이 알코올에 중독되었는지는 알려져 있지 않다. 그러나 1950년에 이미 위독한 상태까지 이르렀던 것 같다. 그의 가족들은 오늘날까지도 그에 관해 입을 다물고 있고, 친구들 역시 매우 조심스러운 태도를 보였다. 세르스틴 크빈트가 밝혔다. "지난 몇 해 동안 아스트리드는 스투레 때문에 고생이 심했어요. 그는 술꾼이었어요. 아직까지 이 사실은 책에 드러나지 않은 것 같아요."[4]

아스트리드 린드그렌은 스투레의 병을 가능한 한 감추려 했다. 하지만 해가 갈수록 그녀의 사생활에 대한 관심이 늘어났기 때문에 비밀을 유지하기가 결코 쉽지 않았다. 더군다나 아이들까지도 비밀을 지켜야 했기 때문에 더욱 곤란했다. 스투레 린드그렌은 1952년에 숨을 거두었고, 아내는 마지막 순간까지 그의 곁을 지켰다. 아스트리드 린드그렌은 일기장에 이렇게 적었다. "여기 그가 누워 내 눈앞에서 죽어 가고 있다. …… 그는 더 이상

내 목소리를 들을 수도 나를 알아볼 수도 없다. 그렇지만 않다면, 정말이지 그에게 그토록 사랑스럽고 친절했던 것에 대해 고마움을 표현하고 싶을 텐데. 6월, 오늘 저녁에 사랑스럽고 마음씨 고운 한 사람이 우리 곁을 떠나간다. 그 사람은 내가 몹시 사랑했던 한 아이였다."[5]

최근에 세르스틴 크빈트는 덧붙여 말했다. "아스트리드는 그에 대해 많은 이야기를 하지 않았어요. 그렇지만 그는 카린의 아버지였어요. 그때 카린은 방학을 맞아 프랑스에 가 있었어요. 소식을 듣고 곧장 집으로 돌아왔지만 스투레는 이미 죽은 뒤였죠. 아스트리드는 너무나 슬퍼했어요. …… 이 시기에 아이들이 아스트리드를 많이 도와주었어요."[6]

카린은 1953년 고등학교를 졸업하고 스톡홀름의 대학에서 독일어와 영어를 전공하기 시작했다. 그녀의 설명이다. "그때는 번역가를 양성하는 교육 과정이 하나도 없었고 소설 번역은 가르치지도 않았어요. 혼자서 번역에 필요한 경험들을 모아야 했어요. 라르스는 저와 같은 해에 대학을 마쳤어요. 그는 여행을 떠나기 위해 언제나 학업을 중단하곤 했으니까요."[7]

스투레가 세상을 뜨자 아스트리드는 일과를 필요에 맞게 조정

했다. 새벽 5시나 6시에 일어나 차를 끓인다. 그리고 빵 두 조각에 잼을 발라 재빨리 아침 식사를 마치고 곧장 원고를 쓰기 시작한다. 이른 아침 시간을 이용해 원고를 쓰는 습관은 아이들이 어렸을 때부터 몸에 배어 있었다. 스톡홀름의 집에서든, 여름을 보내는 푸루순드에서든 침대에 누워서 속기를 했다. 속기를 마치고 나면 바사 공원이 내다보이는 책상 앞이나 바다를 바라볼 수 있는 푸루순드의 베란다에 자리를 잡고 앉는다. 그리고 한 장 한 장 마음에 들 때까지 손질한다.

"한 문장을 열 번 넘게 고쳐 쓰는 일이 잦았다. 내가 쓸 수 있는 최고의 문장들을 내 귀로 들을 수 있을 때까지, 내 귀에 최고의 문장들이 자연스럽게 들어올 때까지 쓰고 다시 쓰고 또 고쳐 썼다. 어느 한 곳도 뚝 끊어지는 일 없이 문장들이 선율을 타고 흐를 때까지. …… 난 독특한 언어의 가락을 가지고 있는데, 이 가락도 이야기도 내 마음에 꼭 들어맞아야 한다. 그것은 일종의 울림이다."[8]

책을 구성하는 한 장 한 장은 한 권의 책처럼 독립된 작업 과정을 거쳤다. 아스트리드 린드그렌의 작업 방식은 신문에 소설을 연재하는 작가들과 비슷해서 앞 장에서 등장한 인물만이 뒷장에서도 다뤄졌다. 이야기를 쓸 때면 그녀는 항상 머릿속에 대략의

132

밑그림을 그려 놓고 속기를 시작한 것 같다. 마침내 꽉 찬 속기록이 차곡차곡 쌓이고 다 닳은 몽당연필이 엄청나게 모였다. 그러면 이제 타자로 원고를 옮겨 칠 차례다. 이 타자 작업은 글 쓰는 과정 가운데 그녀에게 보기 드문 만족스러움을 안겨 주었다. 이제는 아무 데도 고칠 필요가 없을 만큼 다듬어진 상태다. 손질하는 것은 기껏해야 아주 사소한 부분들이다. 노화로 인해 시력이 심하게 악화되기 전까지는 언제나 이 일을 혼자서 해냈다. 눈이 나빠져 속기한 글자를 잘 읽을 수 없게 되자, 연한 연필심 대신 검은색 사인펜으로 속기를 해 보았다. 속기록을 잘 알아보려는 시도였지만 소용이 없었다. 결국 그녀는 비서에게 타이핑을 맡겨야 했다.

아스트리드는 글 쓰는 데 필요한, 혼자 있는 고요한 시간을 얻기 위해 끊임없이 투쟁해야 했다. 1958년 딸이 결혼한 뒤로는 줄곧 혼자 살았다. 카린의 배우자는 칼 올라프 뉘만으로 교과서를 펴내는 출판사에서 일했다. 그러나 명성이 높아지고 공식 직함이 늘어 가면서 수많은 만남이 생겨났다. 그 밖에도 그녀에게는 대가족이 있었다. 여동생들, 오빠, 부모님, 아이들과 손자, 거기다 엘사 올레니우스나 셰르스틴 크빈트와 같이 가까운 친구들은 될 수 있는 대로 그녀를 자주 보고 싶어 했다. 그렇지만 그녀는 혼자 있는 것도 사랑했다.

온 친척이 모인 성탄절 잔치를 치르고 나서 그녀는 일기장에 이렇게 적었다. "거실이 완전히 뒤죽박죽이다. 온갖 선물 꾸러미들이 거실로 쏟아져 내렸다. 이젠 모두가 또 다른 선물들이 솟아나는 새로운 선물 샘을 찾아 떠나갔다. 난방을 치우고 정말 오붓한 시간을 보냈다. 스트린드베리의 비밀 일기장과 라디오에서 흘러나오는 음악을 들으면서 근사한 저녁 식사를 했다. 차가운 갈비 요리에 맥주와 슈납스(독일의 전통 증류주)를 곁들여. 하하!"[9]

글을 쓰면서 그녀는 말할 수 없는 행복감에 휩싸였다. "글쓰기. 그것은 고된 노동이지만 이 세상에 존재하는 것 가운데 가장 근사한 일이다. 아침이면 글을 쓰고 밤이 되면 생각한다. 아! 내일 아침이 밝아 오면 다시 글을 쓸 수 있겠지!!"[10]

그녀는 변함없는 의욕으로 왕성하게 책을 펴냈다. 작가 활동을 시작한 뒤 첫 10년인 1944년에서 1954년 사이에 열여덟 권의 책을 썼다. 1946년과 1949년, 1952년에는 『떠들썩한 마을의 아이들』 시리즈로 전 세계 어린이들의 사랑을 받는, 소박하고 평화로운 전원 생활을 창조해 냈다. 이 삼부작은 35개국 언어로 번역되었다. 어린이 독자들은 아프리카, 인도네시아, 한국, 중국, 일본 어디에 있든 불러뷔 친구들의 행복을 함께 누릴 수 있게 되었다. 불러뷔 세상 한가운데에 아이들이 있다. 아이들은 이 세계에 우뚝 서서 놀이를 펼치고 생각과 꿈을 키워 가지만, 마음속 한켠에는 얼마간의 두려움도 품고 있다.

불러뷔에는 세 농가가 아주 가까이 붙어 있다. 가운데 농가에는 리사가 라세, 보세라는 남자 형제들과 살고 있다. 올레는 남쪽 농가에, 안나와 브리타는 북쪽 농가에 산다. 작가는 리사의 입을 통해 불러뷔의 일상 이야기를 풀어 놓는다. 각각의 짤막한 단원들은 그곳에서 생일을 어떻게 축하하고 학교 생활을 어떻게 하는지, 아이들이 특별히 좋아하는 놀이는 무엇이며 소풍을 어디로 가는지, 그리고 무엇 때문에 다투고 어떤 장난거리들을 생각해 내는지를 다룬다. 이 책 밑바탕에 깔린 분위기는 이렇다. "오! 우리는 불러뷔에서 얼마나 멋진 삶을 살고 있는가!" [11]

불러뷔에서도 네스에서처럼 보호받는 공간과 자유로운 공간이 균형을 이룬다. 아이들은 자신들의 우주를 한 걸음 한 걸음 넓혀 나간다. 방에서 다락으로, 정원과 마당을 지나 숲으로. 어른들은 눈에 띄지 않는 보호자로서 이 세상 주변에서만 모습을 드러낸다. 행복에 한껏 몸을 맡긴 채 쉴 새 없이 자연을 발견하는 것이야말로 아이들에게 최고의 놀이가 된다. 놀이는 자연의 절기와 농가 축제의 리듬을 타고 이어진다. 이 신성한 세계의 경계를 긋기 위해서는 이방인들도 중요하다. 악당 총잡이와 떠돌이가 바로 그들이다.

그러나 불러뷔의 생활은 수많은 짜릿한 기쁨으로 가득하다. 따가운 햇살을 맞는 기쁨, 잼을 듬뿍 얹은 팬케이크를 바라볼 때 차오르는 기쁨, 첫눈이 선사하는 기쁨이란! 아이들은 어린 시절 아스트리드가 삶을 긍정했듯이 그렇게 삶을 긍정한다. 그녀는 이야기 속에 어린 시절의 충만했던 감정들을 되살려 낸다.

사실 불러뷔는 현실 세계에 존재했던 한 공간을 본보기로 한다. 네스에서 몇 킬로미터 떨어진 작은 동네 세베스토르프에는 아직까지도 빨간 집 세 채가 나란히 늘어서 있다. 세 농가의 가운데 집에서 아버지 사무엘 아우구스트가 자랐다.

1958년에 출판된 『말썽꾸러기 거리의 아이들』에서는 『떠들썩한 마을의 아이들』만큼 전원적이지는 않지만, 심리적으로 더욱 다층적인 세계가 펼쳐진다. 이 책의 주인공 로타는 수많은 문제에 맞서 싸워야 한다. 싸워서라도 문제를 해결해 보려 하지만, 언니 오빠에게 허락된 일들이 로타에게는 엄격히 금지되어 있다.

로타는 자전거도 타려 들고 학교에도 가려 하면서 자기 나이를 묶어 두는 경계들에 숨가쁘게 도전한다. 이 이야기를 통해 아스트리드 린드그렌은 자신의 어린 시절이 전원 속 추억의 원천으로만 남아 있지 않음을 보여 준다. 아이들의 어려움과 상처를 얼마나 깊이 이해하고 있는지를 입증한다.

낱권으로 나온 『나, 이사 갈 거야!』를 특별히 자세하게 살펴보는 일은 매우 흥미롭다. 이 작품은 심리학적 걸작일 뿐 아니라ー그래서 잉마르 베리만(Ingmar Bergman. 스웨덴 극작가이자 영화·연극 감독으로 1997년 칸 영화제에서 모든 시대를 통틀어 최고의 영화감독으로 추대되었다. 1918~2007)은 이 책을 꼭 영화로 만들어 보고 싶다고 말했다ー, 아스트리드의 엄마 한나 에릭손이 로타의 부모 같지 않았다는 사실을 분명히 보여 주기 때문이다.

어느 날 잠에서 깨어난 만 네 살의 로타는 기분이 나쁘다. 로타는 모든 것에 화가 치미는 데다가 "따끔거리는" 스웨터를 입어야 한다는 사실에 그만 자제력을 잃어버린다. 엄마가 로타를 방으로 쫓아 버리자, 로타는 발버둥치며 이리저리 날뛰고 이해받지 못하는 아이의 운명을 원망한다. 순간 로타의 눈길이 어린이용 가위에 닿고 몇 초 만에 혐오스러운 스웨터를 조각조각 잘라 버린다. 로타는 자신이 저지른 일에 깜짝 놀라 더 이상 집에 머물 수 없다는, 곧장 떠나야 한다는 사실을 깨닫는다. 그리고 다정하고 나이 많은 이웃집 베리 아주머니에게 가서 위로를 받고, 정원에 딸린 작은 집에서 지내도 좋다는 허락을 얻는다. 그러나 저녁이 되자 집이 그립다. 부모님이 로타의 새 집에 찾아와 집으로 돌아가자고 간곡히 부탁하지만, 아이는 흔들리지 않고 정원의 작은 집에서 계속 살기로 결정한다. 부모님은 슬퍼하지만 아이 의사를 존중한다. 이렇게 해서 로타는 자존심에 상처를 입지 않고 부모님과 완전히 화해한다.

"엄마가 말했다. '그럼 이제 내가 미안하다고 말하면, 내가 가끔씩 상냥하지 않아서 미안해, 사랑하는 로타야'라고 말하면……?" "응, 그럼 이제 '정말 잘못했어요'라고 말 할 수 있어." [12]

비슷한 소재를 성탄절 이야기 『펠레의 가출』(1950; 우리나라에는 『난 뭐든지 할 수 있어』에 실려 있다.)에서도 찾아볼 수 있다. 어린 펠레는 부모님께 오해를 받고 집을 떠나 마당의 아주 작은, 마음에 쏙 드는 집으로 들어간다. 이 글에서도 부모님은 매우 바람직하게 행동한다. 부모님은 펠레와 헤어져서 슬픈 마음을 감추지 않지만, 아이의 생각과 느낌을 매우 진지하게 받아들인다. 부모님이 성탄 선물로 무얼 받고 싶냐고 묻자, 펠레는 다른 아들을 하나 찾아보는 게 어떻겠냐고 제안한다. 부모님은 이 제안을 받아들이지 않고 펠레 없는 삶도 원하지 않는다. 여기서도 아이는 자존심에 상처를 입지 않고 부모님 품속으로 돌아온다.

아스트리드 린드그렌은 한 인터뷰에서 이런 이야기들로 자신의 슬픔을 치유했다고 말했다. "전 어쩔 수 없이 혼자서 집으로 돌아와야 했어요. 세상 어느 누구도 나를 찾지 않아서 몹시 쓸쓸했어요. 그래서 펠레의 엄마를 그렇게 사려 깊게 그렸어요. 그렇게 해서라도 영혼의 나이테 어딘가에 자리하고 있을 다섯 살짜리 어린 나를 위로하고 싶었어요."[13]

어째서 아스트리드 린드그렌은 어른이 되어서까지 그토록 깊이 자신의 어린 시절 속으로 빠져들었을까? 마르가레타 스트룀스테트는 이렇게 대답했다. "성인으로서 그녀의 삶에는 해결해야 하는 수많은 일과 문제가 있었어요. 그런 문제에 부딪힐 때면 그녀는 자신의 불행에 뿌리내린 글을 썼어요. 그렇다고 글쓰기가 그저 치료제로 머물렀던 건 결코 아니에요. 그 글들은 훌륭하고 천재적인 문학 작품이었고, 이 작품들이 동시에 치유 효과까지 준 거예요."[14]

1950년대 후반 들어 아스트리드 린드그렌은 물론 오빠 군나르도 스웨덴 사람들 사이에서 점점 더 알려졌다. 군나르는 에릭손

집안의 대를 이어 네스에서 3대째 소작을 하고 있고, 여러 해 동안 농민당 대변인으로 제국의회 의석을 차지하고 있었기 때문이다. 아스트리드와 군나르는 라디오와 텔레비전에 함께 출연해 인터뷰를 했고, 불러뷔로 대표되는 자신들의 어린 시절에 대해 설명했다. 둘은 『내 이름은 삐삐 롱스타킹』에서 볼 수 있는 보물 찾기 놀이나 성탄 말구유 놀이, 지렁이 한 마리를 놓고 싸운 일 등을 생생하게 들려주었다. 결국 그 불쌍한 동물은 두 동강이 나 버렸고, 군나르가 두 조각을 다시 붙이려 들자 아스트리드가 한 조각을 냉큼 입에 넣고 삼켜 버렸다. 군나르는 가끔씩 정치를 풍자하는 시도 썼다.

그 밖에 아스트리드의 여동생들도 언어와 관련된 일을 했다. 잉에게르드는 처음에 기자로 일하며 한 일간지의 여성 지면을 맡았다. 그러나 장교와 결혼하면서 자주 이사를 다니게 되자 일자리를 포기하고, 대신 스웨덴 어린이책 작가인 안나 마리아 로스를 연구하기 시작한다. 스티나는 결혼한 뒤에도 네스에 머물며 가족들이 함께 살던 빨간 집에서 번역가로 일한다. 네 남매는 살아 있는 동안 아주 가깝게 지냈다. "스티나는 날마다 전화를 걸어서 제가 뭘 먹으면 좋을지를 얘기해 줬어요."[15] 아스트리드의 설명이다.

스투레의 알코올 중독과 죽음, 그리고 라르스에 대한 끊임없는 걱정은 아스트리드 린드그렌의 작품에 흔적을 남겼다. 라르스는 늘 안정감이 없어 보였고 결혼 생활도 행복하지 못했다. 1949년부터 우울한 주제들이 작품 속에 등장해 밝고 명랑한 이야기에 그늘을 드리우기 시작한다. 초기 작품에서는 주로 네스와 빔메르뷔가 이야기의 무대였지만 이제 스톡홀름도 무대가 된다. 이곳에는 아스트리드 린드그렌 책에 나오는 가장 외로운 아이들이 살고 있다. 동화『엄지 소년 닐스』에 등장하는 베르틸이 그렇다. 이 이야기는 이런 문장으로 시작된다.

"베르틸은 창가에 서서 바깥을 내다보았다. 이미 어둠이 깔릴 무렵이었다. 거리에 안개가 잔뜩 내려앉아 쓸쓸하고 사나워 보였다. 베르틸은 엄마와 아빠를 기다리고 있었다. 기다리는 게 너무나 지겨워서 이제는 부모님이 가로등을 끼고 모습을 드러내지 않으면 안 될 것 같았다. 베르틸이 그토록 오랫동안 기다렸으니까. …… 아빠와 엄마는 매일 공장에 가신다. 그러면 베르틸은 하루 종일 혼자 집에 남는다. …… 전에는 누나가 있었다. 이름은 메르타였다. 어느 날 누나가 학교에서 돌아왔는데 병이 났다. 누나는 일주일 내내 자리에 누워 있었다. 그러고는 세상을 떠났다. 누나 생각을 하자 눈물이 흘러내리기 시작했다. 베르틸은 그때

얼마나 외로웠을까." [16]

이렇게 암울한 배경 위로 무척 아름다운 이야기가 펼쳐진다. 아이가 말할 수 없는 외로움에 떨고 있을 때 친구가 나타난다. '엄지 소년 닐스' 다. 엄지손가락만 한 아주 조그만 사내아이가 베르틸의 침대 밑 쥐구멍에서 살고 있다. 닐스는 마법의 주문으로 베르틸을 변신시키고, 베르틸은 닐스의 조그만 집을 방문할 수 있게 된다. 두 소년이 누리는 기쁨이란 얼마나 벅찬 것인지! 저녁에 집으로 돌아온 부모님은 행복에 젖어 차분해진 아들을 마주한다. "베르틸은 겉옷 속에 뭔가가 있다는 것을 알 수 있었고, 그것이 어떻게 움직이고 있는지도 느낄 수 있었다. 따뜻한, 아주 따뜻한 무엇이었다." [17]

베르틸 이야기는 외로운 아이를 다룬 여러 소설과 동화 가운데 하나다. 결말에서는 모두가 위로받는다. 아스트리드 린드그렌은 어떻게 해서든 아이들을 외롭게 내버려 두지 않는다. 베르틸한테 갑자기 형이 하나 생길 수도 없고, 그렇다고 엄마가 일을 그만둘 수도 없다. 작가는 이제 현실을 피해 환상의 세계로 찾아간다.

이런 위로 이야기 가운데 가장 아름다운 작품은 아마도 『어스름 나라에서』(우리나라에는 『엄지 소년 닐스』에 실려 있다.)에 등장하는 백합줄기 아저씨 이야기일 것이다. 병든 예란은 일 년째 다리를 쓰지 못하고 침대에 누워 있다. 아이는 자신이 다시는 걸을 수 없을 거라고 목소리를 낮춰 말하는 부모님의 대화를 듣게 된다. 그러나 예란은 엄청난 비밀을 간직하고 있다. 매일 어스름이 내릴 무렵이면 자그마하고 상냥한 백합줄기 아저씨가 찾아오는 것이다. 예란은 그와 함께 스톡홀름 하늘 위로 날아오른다. 당연히 진짜 스톡홀름의 하늘은 아니다. 그곳은 어스름이 내리는 나라에 있다. 그 나라에서는 나무에 사탕이 열린다. 예란은 전철과 버스도 운전할 수 있다. "와! 벌써 그곳에는 빨간 버스 한 대가 기다리고 서 있었다. 우리는 함께 버스에 올라탔다. 나는 운전석에 재빠르게 앉아 가스 페달을 밟았다. 정말 멋지게 차를 몰 수 있었다. 나는 누구보다도 더 빨리 차를 몰았다. 경적을 울려 댔다. 마치 구급차가 내는 소리 같았다." [18]

예란이 앞으로도 평생 장애를 갖고 허약하게 지내리라는 사실을 어린이 독자들은 분명히 안다. 어스름이 내리는 나라로 떠나는 소풍 역시 예란의 환상 속에서만 벌어진다는 사실도 의심할 여지가 없다. 그렇지만 이 환상 여행은 얼마나 멋지고 흥분되는 일인가! 여행으로 아이들이 행복해진다면, 이 여행도 어느 정도 진실이 되는 것은 아닐까?

1954년, 아스트리드 린드그렌은 첫 번째 환상소설이자 청소년 소설인 『미오, 나의 미오』로 자신의 한계를 뛰어넘는다. 이 이야기는 이전처럼 슬픔에 젖은 아이에 관한 것이 아니다. 이 글의 아이는 조금도 사랑받지 못하며 죽음의 공포까지 느낀다. 작가는 첫 페이지에서부터 아이의 처참한 상황을 그린다.

"난 에들라 아줌마와 식스텐 아저씨네 양아들이었다. 한 살 때이 집에 왔다. 그 전에는 어떤 고아원에서 살았는데, 에들라 아줌마가 그곳에서 나를 데려왔다. 물론 아줌마는 남자애보다는 여자애를 더 데려오고 싶어 했지만, 그곳엔 여자애가 한 명도 없었다. 그래서 날 데려온 것이다. 식스텐 아저씨와 에들라 아줌마는 남자애들을 못 견뎌했다. 여덟이나 아홉 살이 된 남자애라면 더그랬다." [19] 블러뷔의 반대쪽 세상은 우울하고 끔찍했다. "에들라 아줌마는 내가 이 집으로 온 바로 그날이 불행의 시작이었다고한다." [20]

미오는 스톡홀름에서 살고 있다. 어느 날 소년은 테그네르 공원 벤치에 혼자 앉아서 친부모님에 대해 생각한다. 엄마는 돌아가셨고 아빠는 어디론가 떠나 버렸다. 그러나 미오는 에들라 아줌마가 말하는 것처럼 자기 아빠가 쓸모없는 게으름뱅이가 아니라는 사실을 잘 알고 있다. 어느 날 갑자기 유령이 나타나 미오를

144

먼 나라로 데려간다. 그곳에서 이 남자아이는 태어난 뒤 몇 년 동안 받은 모든 냉대와 결핍을 보상받고 드디어 아빠를 찾아낸다. 아빠는 훌륭한 왕이 되어 그 나라를 통치하고 있었다. 미오는 친구도 사귀고 가장 아름다운 선물도 받는다. 아스트리드 린드그렌 동화에 자주 등장하듯이 자기 자신만을 위한 말이다. 그러나 미오는 이 먼 나라에서도 끔찍한 일들이 일어나고 있음을 알게 된다. 미오에게는 이 나라를 구할 의무가 있다. 어린 영웅은 잔뜩 겁먹고 있었지만, 주어진 문제들을 해결하며 매일매일 자라난다.

전원 풍경을 묘사하는 데 뛰어난 아스트리드 린드그렌은 무시무시한 장면에서도 솜씨를 유감없이 발휘했다. "꿈속에서 난 어두컴컴한 집들을 가로질러 갔다. 낯설고 어둠침침하며 끝없이 이어지는 집들이었다. 나를 빙 둘러싼 방들이 숨이 멎도록 죄어들었다. 내가 서 있던, 막 발을 디디려던 바로 그 바닥이 갑작스레 깊은 심연으로 꺼져 버렸고, 계단이 무너지며 나를 삼켜 버렸다."[21]

이제껏 아스트리드 린드그렌이 써 온 어떤 작품도 『미오, 나의 미오』보다 더 비인간적인 세계를 그려 내지는 않았다. 그래서 이 책은 많은 논쟁에 불을 붙였다. 1959년, 스웨덴 비평가 에바 본

스바이베르크는 이렇게 논평했다. "누가 기사 카토인가? 히틀러인가, 아니면 스탈린인가? 라디오 방송에서 빛나는 기지를 발휘했던, 우리 모두가 알고 있는 이 작가가 왜 이렇게 우울하고 비참해졌나? 왜 아스트리드 린드그렌은 아이들에게 온갖 공포와 폭력으로 얼룩진 위험천만한 인생을 보여 줘야 한다고 생각하는 것일까? 아이들은 우리가 건설한 복지사회에서 살면서 잘 보호받고 있다. 막대사탕을 빨아먹고 깨끗한 공원에서 놀며, 저녁이면 텔레비전 앞으로 모여들고 있지 않은가?"[22]

아스트리드 린드그렌은 대개 자기 책을 둘러싼 논쟁에 끼어들지 않았지만, 『미오, 나의 미오』가 아이들에게 너무 잔인하다는 질책에는 매우 자세히 답했다. 그녀는 잡지 『벤스크리티크』에서 사람들은 태곳적부터 아이들에게 이야기를 들려줘 왔고, 이 이야기들은 선과 악, 나아가 죽음을 다루었다고 지적한다. 그녀의 생각은 이랬다. 동양의 오래된 옛이야기부터 아이슬란드의 전설에 이르기까지, 아무도 아이들을 잔인한 이야기로부터 보호해야 한다고 생각하지 않았다. 오히려 아이들을 위험하지 않은 이야기에만 길들이려는 것이 슬픈 일이다. "얘들아! 참 안됐구나! 내 생각에 너희가 접하는 이야기란 그저 질서정연하게 잘 짜인 다람쥐들 이야기뿐이야. 다람쥐들은 말은 하지만, 너희를 소름 돋게 하

고 웃고 울게 하는 것은 아무것도 줄 수 없지." [23)

책읽기는 아이들에게 유쾌함을 안겨 줘야 할 뿐 아니라, 아이들을 온전히 들뜨게 할 수 있어야 한다. 아이들도 감정의 고조가 필요하기 때문이다. 그리고 아이가 지나치게 예민하거나 몸이 아프지 않다면, 그런 읽을거리 때문에 방해받지 않고 악몽에 쫓기는 일 없이 평화롭게 잠들 수 있다. 옳고 그름의 분명한 기준 없이 자라나는 일이 흔한 현대의 아이들에게 선과 악의 차이를 설명하는 것은 중요하다.

『미오, 나의 미오』는 선과 악이 싸우는 이야기를 조금 바꿔 놓은 것, 그 이상 아무것도 아니다. 이를 위해 히틀러나 스탈린 그 누구도 모델로 쓰지 않았다. 단지 선과 악의 구별은 반드시 분명해야 한다고 그녀는 말한다. "어떤 메시지를 설득력 있게 전달하기 위해서는 검은색 이야기는 더욱 까맣게 칠하고 흰색은 눈처럼 더 하얗게 칠해야 한다. 옛날부터 전해 오는 민담이 그렇듯이 말이다." [24)

이어서 그녀는 이 책이 최소한 몇몇 아이들에게라도 평생 악에 대한 증오심을 잃지 않게 만드는 예방접종이 되었다면 기쁠 거라고 말한다. 결말을 좋게 마무리하는 것에 대해서는, 아이들은 해피엔딩으로 위로받아야 하기 때문에 반드시 필요하다고 주장한다. 어른들은 너나없이 소설 첫머리에서 공원 벤치에 외롭게 앉아 있던 소년을 기억하지만, "내 안의 아이와 더불어 모든 아이들은 한결같이 이 소년이 더 이상 외롭지 않다는 사실을 정확히 알고 있다! 미오는 먼 나라에서 아버지 곁에, 그것도 바로 왕 곁에서 잘 지내고 있다." [25]

1955년 독일에서 『미오, 나의 미오』가 출간되었지만, 이 책을 둘러싼 논쟁 따위는 일어나지 않았다. 그저 어린이 문학 작품에 '불과하기' 때문이었다. 그렇지만 1956년 처음으로 독일청소년문학상이 제정되면서 이 책은 독일 어린이 문학에 중요한 방향을 제시한다. 아스트리드가 심사위원 특별상을 수상한 것이다. 아마도 그녀의 소설이 독일 사람들의 아픔을 아주 섬세하게 어루만져 주었기 때문일 것이다. 패전의 고통을 극복해야 하고 어떤 식으로든 죄과에 대한 책임을 져야 했으며, 실종된 수많은 아버지들에게 애도를 표해야 했으니, 독일에서 이 책을 열렬히 반긴 것은 놀랄 만한 일이 아니다. 수많은 편지가 독일에서 스웨덴으로 날아왔다. 작가는 인내심 있게 이 편지들에 답했고, 작품 낭독회를 위해 끊임없이 독일 여행길에 올랐다.

이제 아스트리드 린드그렌은 거의 쉰 살이 되었고, 놀라운 성공을 거두었다. 논란거리가 되었든 그러지 않았든, 그녀가 지은 책들은 모두 잘 팔렸다. 한 농부의 딸에서 환영받는 작가로 걸어온 길을 돌이켜보며 그녀는 고개를 내저었다. 그저 글을 쓰려 할 뿐, 야단법석을 떠는 일에는 관심이 없었다. 그녀는 성공한 스타 작가의 역할을 거부하며 어떤 역할로도 재단되고 싶어 하지 않았다.

그렇다면 그녀의 소설에 등장하는 인물들은 어떤 모습일까? 이 인물들은 관습적인 모습을 따르고 있을까? 얼핏 보면 그렇다. 『떠들썩한 마을의 아이들』이나 『나, 이사 갈 거야』에서, 또 『셰르스틴과 나』 또는 『마디타』에 나오는 인물들은 전통에 가까운 모습이다. 엄마들은 집에 머무르며 부엌이나 울타리 안에서 일한다. 그리고 어떤 엄마가 주어진 역할에서 벗어나 있다면, 그러니까 브리트 마리의 엄마처럼 하루 종일 연구실 타자기 앞에서 번역한 문장들을 타이핑하거나, 『마법의 섬 살트크로칸』에 나오는 말린의 엄마처럼 일찍 세상을 뜨면, 항상 집안의 중요한 일을 도맡아 하는 또 다른 여자가 등장한다.

그러나 이렇게 분명히 구분된 여자들의 세계에도 미묘한 차이가 있다. 삐삐는 중산층 가정의 여자들을 웃음거리로 만들어 버린다. 잘 차려입은 부인들이 다과를 즐기며 수다를 떨려고 아니카네 엄마에게 온다. 그러고는 집안일을 하는 식모아이가 마음에 들지 않는다고 불평한다. 그러자 삐삐는 할머니 댁에서 일하는 말리의 기괴한 일화를 만들어 내서 부인들 입을 막아 버린다. 말도 안 되는 불만거리에 최고의 처방을 내린 것이다. 중산층 가정의 주부인 마디타 엄마도 마찬가지다. 똑똑한, 아니 조금은 빈정거리는 듯한 남편에게 늘 정중한 대접을 받지는 못했으니 말이다.

소녀소설의 여자 주인공들은 단란한 중산층 가정을 꾸리려고 애쓰지만, 한결같이 자기 두 발로 서고 싶은 꿈도 함께 드러낸다. 브리트 마리의 소망은 이렇게 표현된다. "남편과 내 집, 또 아이 여럿이 있으면 좋겠어. 그렇지만 난 그전에 뭔가 되고 말 거야!!! 많이 배우고 직업을 가져서 자립할 거야. 어떤 일이 있어도 내 예쁜 다리에 나를 맡겨 버리는 일 따위는 하지 않을 거라고. 더 예쁜 다리를 가진 여자가 곧 내 앞에 나타날 건 어김없는 사실이고, 그러면 그때 난 그 자리에 멍하니 서 있게 되겠지! 안 돼지. 그건 위험천만한 일이야."[26] 아스트리드 린드그렌은 지난날에 대한 후회를 이 글 속에 녹여 낸다. 독립적인 것이 얼마나 중요한지 뒤늦게 사무치도록 깨달은 것이다.

그렇지만 좀 더 자세히 살펴보면 『떠들썩한 마을의 아이들』이나 『말썽꾸러기 거리의 로타』에서처럼 어리고 친절한 소녀들도 주어진 역할을 완벽하게 소화해 내는 것은 아니다. 이 소녀들은 전통적인 인형놀이를 좋아하지만, 대부분 떠들썩하게 뛰노는 것을 좋아하고 새침데기처럼 굴지도 않는다. 아니카만 '전형적인' 소녀 모습이라서 도무지 해적이 될 자신이 없어 보인다. 그래서 삐삐는 아니카를 바다로 데려갈 방법을 찾아야 한다. "넌 무슨 일이 있어도 함께 갈 수 있어"라며 삐삐가 말한다. "그런 뒤에 피아노 먼지를 닦아."[27]

아스트리드 린드그렌 작품 속에서는 남자아이들도 "전형적으로" 거친 모습이 아니다. 절름발이 동생 칼과 베르틸, 예란 같은 남자 주인공들은 독자에게도 강렬하고 생생하게 전해지는 외로움과 두려움과 슬픔을 겪는다. 마르가레타 스트룀스테트는 말한다. "아스트리드 린드그렌의 작품 세계에서 안타까움을 자아내는 여자애를 한 명이라도 찾아내기란 쉽지 않다."[28] 그렇지만 작품 속의 외로운 남자아이들에게는 라르스를 바라보는 아스트리드의 감정이 조금은 녹아 있다.

아스트리드 린드그렌은 상반된 감정을 강렬하게 지닌 사람이었다. "그녀는 눈물을 갑작스레 쏟아 내듯이 웃음도 화통하게 터뜨렸어요."[29] 이런 까닭에 선과 악이 분명한 동화의 세계는 그녀의 됨됨이에 잘 들어맞았다. 그녀는 용기를 내어 훨씬 더 앞으로 나아갔다. 『미오, 나의 미오』에 담았던 소재를 더 깊이 다루기 시작한 것이다. 작품은 죽음을 소재로 한 것이었는데, 이 소재는 알수 없는 힘으로 그녀를 끌어당기며 벗어날 수 없게 만들었다. 그녀는 자신의 가능성을 가늠해 보며 이 소재를 조심스레 작품으로 옮긴다. 1959년에 나온 환상동화집 『그리운 순난앵』이 바로 그 작품이다.

가난한 집에서 태어난 말린은 절망적인 세계에서 도망쳐 나온다. 소녀는 자신이 지닌 그리움의 힘으로 나무를 자라게 하고, 이 나무와 하나가 된다. 「그리운 순난앵」에서 가난 때문에 노예가 된 두 아이는 기막힌 도피처를 찾아낸다. 그러나 그 도피처는 이 세상에 속해 있지 않다. 둘은 남쪽의 초원 순난앵으로 들어가는 문을 영원히 닫히게 두어 자신들의 비참한 생활뿐 아니라 삶 전체를 마감하기로 결심한다. 「매! 매! 매!」에서 스티나 마리아는 기묘한 마법으로 지하 세계로 들어간다. 아이는 지하 세계에 머물지 않고 현실 세계로 돌아오지만, 한계를 넘어섰던 경험은 아이의 삶에 평생 뚜렷한 흔적을 남긴다.

스웨덴 문학가 비비 에스트룀은 『아스트리드 린드그렌과 동화의 힘』에서 이 이야기들을 철저히 연구했다. 연구 결과 별 계획 없이 즉석에서 들려주는 것 같은 이야기들이 정확한 구성을 따르고 있음이 밝혀졌다. 작가는 누구도 선보인 적 없는 작법으로 이 문학 장르를 완벽하게 통달해서 삶과 죽음, 선과 악 같은 존재의 한계 경험들을 기술하는 데 쓰고 있다고 보았다.

마르가레타 스트룀스테트는 다음과 같이 적었다. "사람들이 그녀의 문제를 알고 그녀의 이야기가 한층 더 깊은 차원을 다루고 있음을 안다면, 그녀의 작품을 더 잘 이해할 수 있을 것이다. 그녀는 언제나 이야기의 중심에 아이를 둔다. 아이의 삶에서 벌어지는 슬픈 일들에 대해 이야기할 때, 그녀는 자신의 슬픔과 비애를 아이 문제로 완전히 바꿔 놓는다. 작가들은 자기 문제를 솔직히 털어놓고 싶지 않을 때, 바로 이런 방식을 쓰게 된다."[30]

특별히 남자 문제, 그녀가 남자들과 어떤 관계였는가 하는 점은 아스트리드 린드그렌의 삶에 대해 글을 쓰는 이 모두에게 매우 까다로운 주제. 그녀는 늘 결혼 생활이 행복하다고 했지만, 사실 남편을 사랑했는지 그렇지 않았는지 의문의 여지가 있다. "흔히 말하는 식으로 하자면, 난 이제까지 단 한 번도 사랑에 빠지지 않았다. 아니다. 사실은 난 남자들보다 아이들을 훨씬 더 많이 사랑했다."[31]

스투레가 죽고 나서 그녀는 혼자 살았다. 다시 결혼하지 않았지만, 자기 시간의 주인이 되어 지내는 일이 꽤나 만족스러웠던 것 같다. 일을 통해 관심이 가는 남자들을 알게 되거나 새로운 관계를 시작할 수 있는 기회가 없지 않았을 게 분명하다. 마리안네 에릭슨은 말했다. "그녀는 정말 매력이 넘쳤어요. 그렇지만 연애하는 것을 한 번도 본 적이 없어요. 그녀가 어떤 남자에게 관심을 가질 때면, 그건 지적인 면에서 시작되었지 성적인 면은 아니었어요. 예를 들어 어떤 노르웨이 작가가 있었는데, 둘은 서로를 잘 이해했고 또 즐거움을 나눌 수 있었어요. 함께 노래도 불렀고요. 남자를 좋아하지 않은 건 아니에요. 당연히 남자들도 좋아했어요. 젊은 사람들과도 특별한 방식으로 만났어요. 아주 친절했고 가끔씩은 엄마처럼 대하면서 아래턱을 잡고 농담을 했어요."[32]

셰르스틴 크빈트가 덧붙였다. "남자들이 그녀에게 그리 많이 다가가질 못했어요. 그녀의 신뢰를 받을 수 있는 이들은 정말 얼마 되지 않았거든요. 예를 들면 마르가레타 스트룀스테트의 남편을 아주 좋아했고, 제 남편 레나르트도 좋아했어요. 자기 자신만 아는 남자들을 그녀는 못 견뎌했어요."[33]

마리안네 에릭슨의 설명처럼 또 다른 이유도 있었을 것이다.

"그녀는 작가들 사이에 좋은 친구들이 많았어요. 하지만 이 친구들은 아스트리드에게 존경심을 가지고 있었어요. 가끔씩 저는 그녀에게 이런 얘기나 저런 얘기를 쓰면 얼마나 좋을지 얘기하고는, 내가 뭔데 그런 얘기를 했을까 생각했어요. 동료들 사이에도 이런 생각들이 있었죠. 그들은 그녀가 대가라는 사실을 받아들였어요."[34]

아스트리드가 남성들과 어떤 관계를 유지했는지 카린에게 물었다. 딸 카린의 대답은 가족으로서 비밀을 지키려는 태도와 솔직하려는 태도 사이에서 아슬아슬한 줄타기를 하는 듯한 인상을 풍겼다. "아스트리드 생전에 또 다른 남자가 있었나요?" "아빠가 돌아가시고 난 뒤에요?" "네, 그래요." "아니라고 얘기하지는 않겠어요." "그렇지만 그 사실이 공식적이었던 건 아니지요?" "아니죠. 전혀 그렇지 않죠." "그러면 그녀가 수녀처럼 살았던 것도 아니지요?" "아니에요."

떠도는 소문에 따르면, 아스트리드가 사랑한 사람은 한스 라벤이라고 한다. 사실이든 아니든 그건 조금도 중요하지 않다. 세 번째 관계 역시 상사와 시작되었을지도 모른다는 점만 빼면 말이다. 세르스틴 크빈트가 설명하듯, 라벤과 린드그렌이 가까운 사이였다는 점에 대해서는 의견이 분분하다. "이들은 매일 아침

8시에 서로 전화를 했어요. 그 시간이면 아스트리드는 집에 있었어요. 오후에나 출판사로 출근했으니까요. 라벤은 출판사에서 일어나는 모든 중요한 일들을 아스트리드와 상의했어요." 린드그렌은 가끔씩 편집인 자리를 그만둘 생각도 했지만, 결국 라벤에게 그가 은퇴할 때까지 출판사에 머물겠다고 약속했다. "전 그게 사랑 때문이었는지 한 번도 물어본 적이 없어요."[35] 셰르스틴 크빈트는 그제야 뒤늦은 의문을 던졌다.

1950년대 이후 아스트리드는 스웨덴에서 가장 유명한 지도급 인물 가운데 한 사람이 된다. 그녀는 상을 받고 인정을 받았으며 수많은 인터뷰를 통해 스웨덴 사람들의 의식 속에 자리한다.

언론인들에게 그녀는 빈틈이 없지만 동시에 친근한 인상을 주었다. "그렇지만 그녀는 여론에 눈가림을 했지요." 마르가레타 스트룀스테트는 이야기한다. "단 한 번이라도 공인 아스트리드 린드그렌이라는 인물 안에 자신의 참모습을 담아 본 적이 있을까? 그녀는 강한 신뢰감을 주었지만 성공적으로 자신을 감추는 법도 알고 있었다. 그녀는 스스로 말했다. 세상 밖에서 자신을 둘러싸고 벌어지는 일들이 정말로 일어난 것 같지 않다고. 그리고 실은 자신에게는 조금도 중요하지 않다고."[36]

산더미처럼 쌓인 자료 더미에서 아스트리드의 인터뷰를 읽는 사람이라면, 마르가레타 스트룀스테트가 무슨 이야기를 하려는지 곧 이해하게 된다. 항상 같은 질문에 항상 똑같은 대답이 반복되었다. 아스트리드 린드그렌이 자신의 어린 시절이나 작업에 관해 설명하면 할수록, 그녀를 한 인간으로 이해할 수 있는 여지는 점점 줄어든다. 아스트리드 린드그렌의 삶 이야기는 공식적인 겉모양일 뿐, 점점 더 그 속내를 꿰뚫어 볼 수 없게 된다. 공적인 생활을 위해 그녀 스스로 복제품에 가까운 또 다른 자신을 만들어 놓은 것처럼 보인다. 인내심 있고 친절하지만 항상 똑같은 질문에 판에 박힌 대답을 하는 인형 같다. 진짜 아스트리드 린드그렌은 이미 오래전에 어디론가 사라져 버린 것 같다. 아마도 콕 틀어박혀 글을 쓰는 서재로……

7. "두려워하시오, 현명한 남성들이여!"

1958년 5월, 아스트리드 린드그렌은 커다란 명예를 얻는다. 한스 크리스티안 안데르센 상을 받은 것이다. 이 상은 어린이책과 관련된 유럽의 여러 상 가운데 가장 중요한 위치를 차지하며 '작은 노벨상'으로도 불린다. 그녀는 감사의 말에서 이렇게 밝혔다. "전 오로지 한 여자아이를 위해 글을 씁니다. 이 아이는 여섯 살이거나 여덟 살, 또는 열한 살이기도 하죠. 그렇지만 항상 같은 아이예요. 이 아이는 여러 해 전 어린 시절이 더없이 찬란하던 때, 아이들이 망아지처럼 뛰놀던 시절에 스웨덴의 한 농가에서 살았습니다."[1]

수상 소감이 슬프게 들린다. 왜 어린 시절이 더 이상 아름답지 못할까? 대다수 아이들은 당시 농촌 스몰란드 아이들보다 더 안

락하고 따뜻하며 편안하게 어린 시절을 보내고 있지 않은가? 그
럼에도 오늘날 아이들에게는 '진정한' 놀이 공간이 없다. 요즘 아
이들은 스스로 자연을 누비며 뛰어다니고, 궁지에 몰려 보고, 위
험에 도전하는 대신 텔레비전 앞에 앉아 누군가의 손을 통해 간
접적으로 온갖 모험을 느껴 볼 뿐이다.

　게다가 이 작가는 아이들이 텔레비전을 보느라 책을 조금밖에
읽지 않는 것도 몹시 걱정스럽다. "꿈의 세계를 꽃피우는 자양분
으로 책을 대신할 수 있는 것은 아무것도 없다. 책만 있다면, 아
이들은 아무도 모르는 영혼의 방에 은밀히 들어앉아 다른 모든
것을 압도하는 자신만의 독특한 그림들을 그려 낼 수 있다. 사람
들에게는 이러한 그림들이 꼭 필요하다."[2]

　1960년, 아스트리드 린드그렌의 소설『마디타』가 출간된다. 여
섯 살 난 여자아이의 생활 이야기다. 아이는 아빠, 엄마, 여동생,
집안일을 도와주는 사람과 함께 어느 작은 도시 외곽에 위치한
아름다운 비르셴룬드에서 살고 있다. 그 옛날 행복했던 빔메르
뷔와 닮은 곳이다. 이 책 역시 아스트리드 린드그렌의 어린 시절
을 반영하고 있다. 더불어 작가가 좋아하는 청소년 도서『에이번
리의 앤』의 모티프를 읽을 수 있다.

　『에이번리의 앤』과『마디타』에는 높은 데서 뛰어내리는 담력

실험, 자연을 향한 지칠 줄 모르는 사랑, 역할 놀이 등이 공통으로 등장한다. 물론 이런 모험들이 항상 안전한 것은 아니었다. 이 천국은 현실적인 세계에서 벗어나 있다. 『마디타』에는 실제로 위험한 순간들이 등장한다. 마디타는 지붕에서 뛰어내려 뇌진탕을 일으킨다. 여동생 리사벳이 모세와 함께 갈대 바구니를 타고 시내에서 헤엄쳐도 그냥 내버려 둔다. 그 일로 리사벳은 하마터면 물에 빠져 죽을 뻔한 적도 있다. 비르셴룬드 세상에는 불러뷔에서는 온전히 존재하던 수많은 것들이 무너져 있다. 마디타의 엄마는 상냥하지만 몸이 약하고, 아빠는 똑똑하지만 냉소적이고 무척 제멋대로다. 마디타의 친구는 알코올 중독에 빠진 아빠를 두고 있다.

1962년에는 『마디타』에 이어 카알손 시리즈 2부 『돌아온 카알손』이 나온다. 카알손이란 인물은 린드그렌의 어린이책 주인공들이 어울려 펼치는 춤 속에서 특별한 위치를 차지한다. 아스트리드는 『지붕 위의 카알손』이 지어낸 이야기가 아니라고, 카알손이 자기 속에서 튀어나왔을 뿐이라고 즐겁게 설명한다.

"몇 해 뒤 백합줄기 아저씨가 다시 나타났지만, 이 개구쟁이는 나한테 묻지도 않고 그 사이에 성격을 바꿔 버렸다. 그것도 통째로! 정말 봐줄 수 없을 만큼, 손끝 하나 대고 싶지 않을 정도로 거만해져 버린 것이다. 그는 자기 자신이 "잘생겼고 무지 똑똑하며, 이제 알맞게 살이 오른 한창 나이"라고 여기고 있다. 신 앞에서 그는 더 이상 자그마하고 마음씨 고운 백합줄기 아저씨가 아니다. 그래서 그는 다른 이름으로 불릴 수밖에 없게 되었다. 완전히 다른 이름으로!"[3]

아스트리드 린드그렌은 특별한 가락과 운율을 지닌 이름을 사랑했다. 카알손 본 파스는 예전에 구두장이로 불렸다. 어렸을 때 그녀는 이 구두장이에게 에릭손 식구들의 신발을 가져다 주었는데, 여기에서 『지붕 위의 카알손』이 탄생했다.

이 키 작은 남자는 등에 프로펠러를 달고 쌩쌩 날아다니는데, 스톡홀름 시내 다세대 주택의 커다란 굴뚝 틈바구니 사이의 코딱지처럼 작은 집에서 산다. 어느 날 갑자기 카알손이 윙윙거리며 릴레브로르의 방으로 날아들자 아이는 깜짝 놀란다. 일곱 살짜리 사내아이는 마침 조금 외롭다고 느끼던 터라 재미난 친구를 얻고 말할 수 없이 기뻐한다. 그렇지만 카알손을 참아 주기란 여간 어려운 일이 아니다! 카알손은 뻔뻔하고 염치가 없는 데다 말할 수 없이 이기적이고 쉽게 삐지곤 했다.

많은 문학 연구가들의 해석처럼, 카알손은 아마도 길들여지지 않고 버릇없는 릴레브로르의 일면이기도 할 것이다. 그래서인지 아이는 카알손을 좋아하게 되고, 시간이 흐르면서 그의 행동에 맞서는 법도 배운다. 그렇지만 부모님이나 형제자매들이 릴레브로르의 방에 발을 들여놓기만 하면 카알손은 쏜살같이 날아가 버린다. 릴레브로르는 거짓말로 이야기를 꾸며 낸다는 오해를 피할 길이 없다.

독자들은 두 세계, 곧 가족들이 알고 있는 세계와 릴레브로르가 경험하는 세계가 절대 하나가 될 수 없음을 알아차린다. 작가는 시건방진 카알손이 릴레브로르를 위로해 주기는커녕, 사람들이 지어낸 인물 가운데 자신이 최고로 멋진 인물일 거라고 떠벌리게 만들면서 이야기를 팽팽하게 긴장시킨다. 그러던 어느 날 결국 일이 터진다. "아빠였다. 아빠가 문을 열었다. 그런데 가장 먼저 소리를 지른 건, 그건 엄마였다. 엄마가 릴레브로르 곁에 앉아 있는 조그맣고 뚱뚱한 남자를 처음으로 발견했기 때문이다."[4]

이 순간 어린 독자들이 얼마나 속시원해하는지! 마침내 부모님, 형과 누나는 릴레브로르가 처음부터 끝까지 옳았다는 사실을 깨닫는다. 바로 이것이 아스트리드 린드그렌이 다른 작가들과 구별되는 점이다. 작가는 아이들에게 승리를 안겨 줌으로써 비로소 자유로워진다.

"그녀는 아이들을 어떻게 대해야 하는지 알고 있었어요. 항상 아이에게 알맞은 말투를 선택했어요. 처음 우리 집에 왔을 때도 그랬어요." 마르가레타 스트룀스테트와 스톡홀름 예술가 구역인 쇠데르말름의 카페 '라이벌'에 마주앉았을 때였다. 마침 그날 저녁 일흔 번째 생일 잔치를 계획하고 있던 그녀는 시장을 보고 나서 아스트리드 린드그렌에 대한 인터뷰를 위해 시간을 내주었다.

텔레비전 방송 작가이자 어린이책 작가인 그녀는 역동적이고 유쾌한 인상을 주었다. 그녀는 아스트리드를 얼마나 그리워하고 있는지 이야기하고 나서 말을 이었다. "1960년대 말에 아스트리드를 알게 되었어요. 그녀를 비판하는 기사를 내보낸 직후였지요. 당시 그녀는 먼저 『마법의 섬 살트크로칸』으로 방송 원고를 만들었고, 그 책으로 다시 그림책을 만들어 출판했어요. 그러고 나선 또 그 그림책을 가지고 라디오 방송 원고를 만들었지요. 그때 전 이제 정말 충분하다고 생각하고 더 이상 그 테마를 '우려먹지' 않는 게 좋겠다고 썼어요. 아스트리드는 그 일로 화가 났어요. 몇 주 뒤 제게 전화를 걸어서 스몰란드에 관한 책을 의논할 수 있을지 물었어요. 전 그녀를 저희 집으로 초대해서 저녁을 대접했어요. 아스트리드가 집에 왔을 때, 여섯 살 먹은 아들이 그녀를 꼭 만나고 싶어 했어요. 그런데 아이가 식탁에서 그녀 자리에 버티고 앉아서는 꼼짝도 하지 않는 거예요. 어떻게 해도 아이를 일으킬 수가 없었지요. 정말 창피하기도 하고 어떻게 해야 할지 몰라 당황하고 있는데, 아스트리드는 방법을 알고 있었어요. 그녀는 특별히 지나치지 않았지만 거칠게 아이를 의자에서 밀어내며 말했어요. '여긴 내 자리야'라고요. 여섯 살짜리 아이가 이해할 수 있도록 아이를 대한 거지요." [5]

하이디와 프리드리히 외팅거의 딸 질케 바이텐도르프는 아스트리드 린드그렌이 당시 어린아이였던 자신을 얼마나 다정하게 대했는지 생생하게 기억했다. "처음 그녀를 알게 되었을 때 저는 열한 살이었어요. 아스트리드는 정말 다정다감했어요. 그리고 제게 일방적으로 말하지 않고 이런저런 것을 물었어요. 제 마음속에 무엇이 있는지를요. 어른들은 거의가 학교 생활에 대해 묻는데, 아스트리드는 다른 것들을 알고 싶어 했어요. 무슨 책을 즐겨 읽는지 같은 것 말이에요. 시간이 지날수록 우리는 점점 친밀한 사이가 되었어요. 여러 해가 지나서는 제 아이들을 안아 주고 노래도 불러 주셨어요. 아이들이 태어날 때마다 글을 써서 축하해 주셨고, 제 삶을 동행해 주고 싶어 하셨어요." [6]

책을 쓰기 시작하면 아스트리드 린드그렌은 일을 중단하는 것도 관심을 흩뜨리는 것도 참지 못했다. 이야기를 어떻게 전개할지 다른 사람과 의논할 필요도 못 느꼈다. 그러나 대체로 이야기를 시작한 동기나 작품 속 인물과 소재에 대한 영감은 일상적인 상황에 뿌리내리고 있었다.

아스트리드 린드그렌은 가족 모두를 사랑했고, 여름이면 카린과 라르스가 아이들을 푸루순드로 데리고 와서 몇 달씩 함께 시간을 보내곤 했다. 손자들은 집과 집 사이를 넘나들며 뛰놀았고, 아스트리드는 손자들에게 책을 읽어 주거나 어린 시절 이야기를 들려주었다. 어느 날 저녁, 아스트리드는 울어 대는 어린 손자를 진정시키기 위해 즉석에서 이야기를 꾸며 냈다. "맞혀 봐! 에밀이 그때 무슨 생각을 했을까?" 아이는 울음을 뚝 그치고 호기심 가득한 눈으로 할머니를 쳐다보았다. "에밀이 도대체 누구인지 아무것도 알지 못하기는 저도 마찬가지였어요. 저도 모르게 이 꼬마녀석이 갑자기 살아나서 짓궂은 장난을 치기 시작했지요. 이 아이를 더 이상 붙잡아 둘 수가 없었어요." [7]

1962년, 『에밀이 수프 단지를 뒤집어쓴 날』은 이렇게 태어났다. 지금도 널리 사랑받는 에밀 시리즈 삼부작의 기본 재료는 아버지 사무엘이 간직하고 있던 어린 시절의 기억이었다. 1961년 아내 한나가 죽자 사무엘은 혼자가 되었다. 처음에는 며느리와 함께 살다가 나중에는 혼자 살며 살림을 봐주는 사람 여럿에게 폭군 노릇을 했고, 한참 뒤에야 네스 근처의 요양원에서 만족스럽게 지냈다.

아스트리드는 아버지를 자주 찾아가 그가 들려주는 이야기에 귀를 기울였고, 이 노인의 어린 시절을 뢴네베리아에 사는 익살맞은 개구쟁이 에밀로 되살려 놓았다. 수프 단지를 깨뜨리는 것이 재앙에 가까웠던 시절, 아이들에게 몇 외레란 엄청난 재산이어서 누군가 슬쩍 건네주지 않는 한 절대 손에 넣을 수 없었다. 뛰어난 기억력 덕분에 사무엘 에릭손은 딸에게 가치를 가늠할 수 없이 귀중한 자료들을 전해 주었다. 지난 시절의 놀이들, 농가 아이가 날마다 의무적으로 해야 했던 일들, 황소나 말을 상으로 얻기 위해 가축 시장에서 열리는 경기에서 힘을 겨루던 일 등이다.

에밀은 끊임없이 우스꽝스러운 일들을 겪는다. 물론 에밀에겐 전혀 우스운 것이 아니다. 이 책에서 번뜩이는 재치는 아이의 세상이 어른 세상과 맞부딪치며 내는 강렬한 충돌에서 나온다. 에밀은 무슨 일이 있어도 고약한 장난질을 벌이려 하지 않는다. 그저 호기심으로, 아니면 좋은 뜻으로, 혹은 남을 위하려는 생각에서 일을 벌일 뿐이다. 하는 일마다 엉망이 되기 때문에 에밀은 운이 없는 아이일까? 아니면 일이 엉망이 되어도 결과가 좋기 때문에 행운이라고 할 수 있을까? 이 점에 대해서는 의견이 다를 수도 있다.

어쨌든 에밀은 사랑스러운 인물이며, 삐삐와 떠들썩한 마을에 등장하는 아이들의 성공적인 합작품이다. 이 아이는 반란자이지만 사회에 온전히 받아들여져 있고, 가족과 하인 알프레드의 속 깊은 사랑을 듬뿍 받는다. 그러나 자신이 저지른 짓궂은 장난에 대해서는 마땅히 벌을 받는다. 그렇다고 매질을 당하지는 않는다. 아니다. 에밀은 목수가 나무를 자르는 헛간에 갇힌다. 하지만 그 안에서 목각 인형을 깎는다.

아스트리드 린드그렌은 작품의 등장인물들 가운데 자신이 에밀을 가장 아끼는 것 같다고 자주 말했다. 어른 독자들도 이야기에 재미를 느낄 수 있지만, 이야기들은 한결같이 아이들 눈높이에서 펼쳐지고 아이들이 직접 일을 벌여 나간다. 아이들은 어른들이 이끌어 가는 사건의 구경꾼으로 머무는 일이 결코 없다. 동시에 린드그렌은 이야기꾼으로서 책 속에서 독자와 함께 하며 틈틈이 다음과 같은 말들로 자신을 드러낸다. "넌 그게 뭔지 알아?" 같은 질문이나, "우리가 얼마나 웃었다고." 아니면 "……얼마나 다행스러운 일인지 모르겠어" 같은 말꼬리들이다.

아버지 사무엘 아우구스트는 1969년 세상을 뜨기 전까지 에밀

삼부작 출판을 모두 지켜보았다. 아스트리드는 아버지의 죽음을 깊이 애도하며 부모님의 사랑 이야기를 글로 옮긴다. 『세베스토르프의 사무엘 아우구스트와 훌트의 한나』가 잡지에서 먼저 선보였고, 뒤에 『사라진 나라』라는 책으로 다시 출간되었다.

이 무렵 또 다른 비극의 드라마가 펼쳐진다. 라르스도 알코올에 중독된 것이다. 정확히 언제부터인지 알 수 없지만, 전기의 공식 기록에 따르면 1960년대에 시작된 것 같다. 여러 해 동안 침묵 속에 감춰져 있던 문제가 조금씩 밖으로 불거져 나오기 시작했다. 셰르스틴 크빈트처럼 얼마 안 되는 사람들만 이 일에 관해 이야기할 준비가 되어 있었다.

"이혼하고 라르스는 다른 사람을, 아주 상냥한 여자를 만났어요. 둘은 사랑에 빠졌고 1961년에 결혼했어요. 두 사람의 아이 아니카와 안데르스가 1962년과 1965년에 태어났어요. 그런데 몇 년 뒤부터 라르스가 술을 지나치게 많이 마시기 시작했어요. 아스트리드는 이 사실에 관해 한 번도 이야기하지 않았어요. 그건 비밀이었고, 그 사실을 덮어 라르스를 보호하려 했지요. 라르스는 기술자였는데 더 이상 일을 할 수 없는 지경이 되었어요. 그래서 아스트리드는 그에게 가족 회사에서 일하라고 권했어요. 그 일은 어렵지 않았거든요. 아스트리드 린드그렌 작품의 영화와 연극 저작권에 관한 일이었는데, 라르스는 여기에서 수입 관리 업무를 맡았어요."[8]

아들이 무너져 가는 모습을 지켜보는 것은 견딜 수 없는 고통이었다. "어느 순간부터 그녀는 너무나 지쳐 버렸고 술 문제에 관해 이야기하지 않을 수 없게 되었어요." 셰르스틴 크빈트의 말이다. "라르스의 아내는 늘 아스트리드에게 와서 말했어요. '어머니가 아들이랑 이야기하셔야 해요. 이런 식으로 그는 더 이상 버텨 낼 수가 없어요.' 물론 아스트리드는 강인했고 가족의 지도자였어요. 모두 그녀가 문제를 해결해 줄 거라고 기대했죠."[9]

그렇지만 아스트리드 린드그렌은 좋은 충고를 하는 데 언제나 조심스러웠다. 오히려 상대방 이야기를 주의 깊게 듣고 이해하기 위해 애썼다. 조카들도 그녀에게 자주 조언을 청했다. 아스트리드는 끝없이 도와줄 준비가 되어 있었고, 대개는 경제적으로 도움을 주어 마음을 표현했다. 다행히도 그녀는 큰 어려움 없이 다른 이들을 도와줄 수 있는 처지였다. 책 판매 부수를 보면 그녀의 명성이 날로 높아 갔음을 알 수 있다. 온갖 상과 영예가 그녀에게 돌아갔다.

1965년 문학 부문에서 스웨덴 국가상을 수상했고, 1967년에는 스톡홀름의 라벤 & 셰그렌과 함부르크의 프리드리히 외팅거 두 출판사가 아스트리드 린드그렌 상을 제정한다. 또한 1971년에는 마침내 스웨덴 문학 아카데미 금상을 받는다. 아스트리드는 인정을 받아 기뻐했지만, 이런 것들을 그리 중요하게 여기지 않았다. 그녀는 스웨덴 문학 아카데미가 준 메달은 맥주 한 병 무게라고 말하곤 했다. 노벨상을 받으면 기뻐할 것이냐는 질문에는 언제나 담담하게 반응했다. 실제로 그녀는 노벨상 수상자로 여러 번 거론되었고, 항상 이를 둘러싼 토론이 있었다. 그녀는 노벨상을 수상하면 좋기는 하겠지만 받을 필요는 전혀 없다고 대답했다. 그런 일이 생기면 충격사할 게 분명하다는 것이었다.

그녀는 대중의 환호 속에서 어렵지 않게 빠져나왔다. 아스트리드와 친구들은 영화 보기를 매우 좋아했고, 때때로 스톡홀름의 공원을 산책하기도 했다. 1970년 출판사에서 퇴직한 뒤에는 여름마다 푸루순드를 찾아가 시간을 보냈다. 하이디 외팅거는 아스트리드의 은퇴가 모두에게 매우 어려운 일이었다며 기억을 떠올렸다. "은퇴식 자리에 수많은 작가들이 서 있었어요. 이들은 모두 아스트리드에게 인사를 건넸고, 그녀가 일을 그만두는 것을 무척 안타까워했어요. 이들은 아스트리드가 원고는 물론 작가 자신들까지도 잘 돌봐 주었다고 느꼈어요." [10]

하이디 외팅거의 딸 질케 바이텐도르프가 한 일화를 들려주었다. "아스트리드가 푸루순드에서 에밀 이야기 아니면 카알손 이야기 가운데 하나를 막 마무리하고 그 종이들을 책상에 올려놓았어요. 그런데 갑자기 바람이 몰아쳐서 종이들이 날리고 뒤섞여 버렸는데, 흩어진 원고들을 다시 모아 보니 한 페이지가 없었어요. 한참이나 잃어버린 쪽을 찾아보았지만 찾을 수 없어서 결국 새로 한 쪽을 썼어요. 며칠 지나서 잃어버렸던 걸 발견했는데, 다시 쓴 텍스트는 원본과 똑같은 단어를 쓰고 있어서 꼭 복사한 것 같았어요."

텍스트에서 정확한 단어를 사용하고 싶어 하는 사람은 번역판 또한 분명한 어휘로 표현되기를 원한다. 질케 바이텐도르프는 말을 이었다. "아스트리드는 독일어를 매우 잘 했고 독일어 번역본의 텍스트를 정확히 읽어 냈어요. 그녀는 아주 비판적이었고, 대안이 될 만한 표현들을 심사숙고해서 원고 모퉁이에 적어 놓았지요. 우리는 교정 본 원고들을 전시회에 여러 번 내놓았어요. 그녀는 자주 이런 질문을 던졌어요. '더 간단히 말할 수 없을까? 더 소박하게. 스웨덴어로는 이 말이 정말 간단하게 이렇게 혹은 저렇게 쓰인다.' 그러면 우리 번역자 안나 리제 코르니츠키는 이렇게 대답했어요. '린드그렌 씨 말이 맞아요. 스웨덴어에는 그렇게 유사어가 많지 않아요. 하지만 텍스트를 직접 독일어로 썼다면 그녀 역시 다른 표현들을 사용했을 거예요.' 그렇지만 우리는 린드그렌을 잘 이해할 수 있었어요. 스웨덴어로 '그는 말했다'라고 썼으면, 번역문에서 이 문장을 '그가 대꾸했다'로 옮겨선 안 되었어요."

질케 바이텐도르프는 『내 이름은 삐삐 롱스타킹』에서 '검둥이'라는 단어를 빼자고 제안했을 때, 아스트리드 린드그렌이 얼마나 단호하게 거절했는지 아직까지 생생하게 기억하고 있었다. "우리는 일부러 그녀를 토론에 끌어들였어요. 1990년대에는 아스트리드를 인종주의자라고까지 몰아세우는 비난성 편지가 점점 더 많아졌어요. 그러면 우리는 1940년대나 1950년대에, 그러니까 삐삐 시리즈가 쓰인 당시에 '유색인'이라는 표현은 없었다는 점을 밝히고, 삐삐 롱스타킹이 그 사이 현대의 고전이 되었다, 아무도 이미 고전으로 자리를 굳힌 마크 트웨인의 작품을 고치려 들지 않을 거라고 답장했어요. 아스트리드 생각은 이랬어요. '나는 그 당시에 글을 썼고 모든 것을 고칠 순 없다. 『미국에 간 카티』에 나오는 이미지들이 현대의 모습과 일치하지 않는 것은 당연하다.'"[11]

오늘날에도 예민한 부모들은 아이들 방에서 삐삐의 점잖지 못한 목소리가 흘러나오면 몸서리를 친다. 특이하게도 1960년대 후반의 학생 운동권에서도 아스트리드 린드그렌의 책들에 그리 좋은 평가를 내리지 않았다. 삐삐가 어떠한 권위에도 복종하지 않는다는 점은 새로운 세계관에 어울렸다. 그러나 카알손은 어떠했나? 그는 염치없이 온갖 것을 다 빼앗아 갔다. 미오는 또 어떤가? 모든 것에 얌전히 순응하고 아버지를 위해서라면 어떤 일이라도 마다하지 않을 미오는? 많은 이들이 린드그렌에게 사회 비판이 담긴 어린이책을 써 달라고 부탁했다. 그 사이에 그녀의 목소리가 전 세계로 퍼져 나갈 만큼 힘을 얻었기 때문이다. 그러나 그녀는 이 부탁을 거절했다.

거절은 했지만 그 다음에 나온 책은 사회의 가치나 민주주의를 향한 시민의 용기, 독재에 맞선 저항과 같은 소재를 정면으로 다뤘다. 1973년에 출판된 『사자왕 형제의 모험』은 거센 반발을 불러일으켰다. 영웅과 겁쟁이, 꿈과 행운에 관해서 다루었지만, 무엇보다도 억압과 저항, 나아가 자살까지 다룬 책이었다. 이 소설은 아스트리드 린드그렌이 영감을 어떻게 얻고 아이디어를 어떻게 발견해 가는지를 실감나게 체험할 수 있는 특별한 책이기도 하다.

불행히도 1968년에 조카 오세가 세상을 뜨고 일 년 뒤에는 그의 아빠도 숨을 거둔다. 아스트리드는 이 둘을 잃고 몹시 충격을 받는다. 다섯 살짜리 손자 니세가 죽음을 어떻게 받아들여야 할지 몰라 힘들어하는 것을 보고, 자신이 어린 시절에 가졌던 믿음을 기억해 낸다. 어렸을 때 아스트리드는 착한 사람은 죽은 뒤에 하늘나라로 간다고 믿었고, 그 믿음 덕분에 마음이 편했다. 그러나 니세에게는 그런 믿음이 없었다. 어두운 땅속에 묻힌다는 생각이 아이를 너무나 두렵게 했다. 이렇게 해서 죽음이 글감으로 떠올랐다.

　형제에 관한 이야기를 써야겠다는 생각은 산책하던 길에 떠올랐다. "빔메르뷔의 공동묘지를 걸어가다 묘비에 적혀 있는 글을 읽었어요. '1860년, 어린 나이에 죽은 팔렌 형제가 여기서 쉬고 있다.' 그때 이 동화가 두 형제와 죽음에 관한 이야기가 될 것을 예감했어요." [12] 마지막으로 그녀는 형과 동생을 이어 주면서 죽음을 넘어서는 소재를 찾아낸다. 바로 사랑이다. "영화에서 에밀 역을 맡을 아이를 선발했을 때였어요. 어린 안네 올손을 둘러싸고 엄청 요란스럽게 카메라 플래시가 터졌어요. 드디어 모든 촬영을 참아낸 아이는 아래로 잽싸게 빠져나가 큰형 무릎 위로 기어올랐어요. 아이는 형에게 바짝 달라붙었고, 큰형은 몸을 숙여

동생을 껴안고 뺨에 뽀뽀를 해 주었어요. 바로 그 순간 저는 사자왕 형제가 눈앞에 서 있는 것을 보았어요." [13]

이 소설은 우리에게 살면서 마주하는 가장 어려운 물음 중 하나를 던진다. 죽음에 내몰린 아이에게 위안이 있을까? 작가는 조심스레 대답에 다가선다. 먼저 죽음이 모든 사람을 공평하게 기다리고 있다는 사실을 받아들이고, 거짓 없이 두려움을 같이 나누는 것이야말로 진정한 사랑임을 받아들이는 것이 중요하다. "요나탄 형은 내가 곧 죽는다는 걸 알고 있었다. 나 빼고 모두가 그 일을, 내가 곧 죽을 수밖에 없다는 것을 알고 있는 것 같았다." 동생 칼은 어느 날 우연히 자신이 나을 수 없는 병을 앓고 있음을 알게 되면서 감당할 수 없는 두려움을 느낀다. "요나탄 형이 집으로 돌아오자 나는 형에게 물었다. '형, 내가 곧 죽어야 한다는 거 알고 있어?' 그러고 나서 울먹였다. 형은 한동안 깊은 생각에 잠겼고 얼른 대답하지 않았다. 그렇지만 무겁게 입을 열었다. '응, 알고 있어.'" [14] 요나탄은 동생과 함께 진실을 받아들이고 동생을 속이지 않는다. 이 장면은 누구보다도 전 세계 의사들의 마음을 움직여 불치병에 걸린 아이들에게 이 책을 권하게 만들었다.

요나탄은 동생을 위로하고 죽은 뒤 그를 기다리는 곳, 낭기열라에 대해 이야기해 준다. 그곳에는 여전히 영웅들의 전설이 전해 내려오고 사람들은 여기저기서 모닥불을 피운다. 이곳에서는 동생 칼도 아침부터 저녁까지 온갖 모험을 벌일 수 있다. 결국 동생과 형은 천국 같은 벚나무 골짜기에서 다시 만나 한동안 말할 수 없는 행복을 누린다. 그러나 낭기열라에도 악의 세력이 도사리고 있고, 칼의 행복을 시샘이라도 하듯 악마의 손이 벚나무 골짜기까지 뻗쳐 온다. 어느 날 요나탄은 말에 안장을 얹고 괴물에 맞서기 위해 집을 떠난다. "'근데 하필이면 왜 형이?' 나는 물었다. '그러지 않는다면 그건 사람이 아냐. 그저 한 더미의 쓰레기에 지나지 않을 뿐이지.' 형이 대꾸했다."[15]

며칠 지나 겁쟁이 동생은 형을 찾아 나섰고 감춰져 있던 그의 용감한 모습이 드러난다. 그리하여 동생은 이제 '사자왕 칼'이라는 이름에 걸맞는 사람이 된다. 사자왕 형제의 싸움은 미오가 겪은 것보다 더 힘들었다. 선과 악의 세력뿐 아니라 위장한 배신자도 있다. 작가는 모든 평화주의자에게 풀 수 없는 문제를 던진다. "'난 죽일 수 없어요.' 요나탄이 말했다. '오르바르 아저씨도 잘 알고 계시잖아요!' '네 생명이 걸린 문제인데, 한 번도 안 된다고?' 오르바르가 물었다. '안 돼요, 단 한 번도요.' 요나탄이 말했다. 오르바르는 이해하지 못하는 것 같았다. …… '사람들이 모

두 너 같다면, 그러면 악의 세력이 영원히 지배하게 될 거야!' 오르바르가 말했다." [16)]

　그렇지만 뛰어난 지략을 발휘해 선한 세력이 싸움에서 승리하는 데 결정적인 역할을 해낸 건 바로 요나탄이었다. 악의 세력은 뿌리 뽑혔지만, 괴물은 추락하면서 마지막 불길을 내뿜어 용감한 요나탄에게 큰 상처를 입힌다. 이제 요나탄은 죽게 될 것이다. 그때 요나탄은 동생에게 낭길리마에 대해, 죽음 뒤에 그를 기다리는 훨씬 더 아름다운 세상에 대해 얘기해 준다. 동생 칼에게 두려움이 몰려온다. 낭기열라에 혼자 남아 있고 싶지 않다. 요나탄과 헤어지지 않는 길은 오로지 하나뿐이다. 죽어 가는 형을 등에 업고 함께 죽음을 향해 뛰어드는 것이다. "어둠 속으로 딱 한 걸음만 내디디면 되었다. 그러면 모든 것이 지나갈 것이다. 어쩌면 아주 빨리 지나가 버릴지도 모른다." [17)] 동생은 겁이 난다. 독자에게도 두려움이 밀려온다. 실패하면 어떻게 되는 걸까? 낭길리마에서 그 어떤 천국도 사자왕 형제를 기다리고 있지 않다면? 그러나 아스트리드 린드그렌은 독자를 절대 실망시키지 않는다. 이 책은 이렇게 끝난다. "와, 빛이야! 형, 낭길리마의 햇빛이 보여!" [18)]

　1973년 『사자왕 형제의 모험』이 출간되자, 스웨덴의 모든 신문들이 성토의 목소리를 높였다. 이번에는 이 동화의 대가가 여러 면에서 너무 멀리 가 버렸다는 것이다. 평론가들은 그녀가 있지도 않은 죽음 뒤의 세계를 설명하면서 아이들을 속였다고 지적하며 몰아세웠다. 그 밖에도 모험을 그리고 있지만, 이 모험은 어린이책에 등장할 만한 게 조금도 못 된다고도 말했다.[19]

이렇게 긴박감 넘치는 동화를 해석하려는 시도가 끝없이 이어졌다. 아스트리드 린드그렌은 전체주의에 맞선 공산주의의 투쟁을 이야기하려 한 것인가? 선불교나 윤회설의 영향을 받았을까? 도대체 왜 전원 묘사의 대가가 폭력으로 얼룩진 세계를 만들어 그토록 오싹한 방식으로 묘사했을까? 고단한 현실을 어린이책에 끼워 넣으려고 무진 애를 쓰는, 모든 일을 어두컴컴하게 바라보는 작가들처럼 말이다.

그렇지만 이 책은 무엇보다도 사자왕 형제가 죽음에 몸을 내던지게 함으로써, 당시 어린이책에서 가장 엄격하게 여기던 금기를 깼다. 수많은 어른 독자들은 아이들이 이런 자살 이야기를 접해서는 안 된다는 입장이었다. 그러나 정말 그럴까? 클라우스 세하페르는 "전원 세계 저편의 땅"이라는 글에서 이렇게 썼다. "어린이책에 녹아 있는 삶의 고달픔? 이런 삶의 고단함은 이야기 속에서 펼쳐지지 않는다. 다시 말해 형제는 삶을 사랑한다. 둘은 삶을

유지하기 위해, 가장 흉악한 살인자 텡일과 맞서 싸우기 위해 죽음의 공포를 뛰어넘는다." [20]

어른들이 책의 이런저런 장면들을 어떻게 해석해야 할지 골머리를 앓는 동안, 아이들은 아무 선입견 없이 이 책을 읽고 감동을 받았다. 아스트리드는 편지에 이렇게 적었다. "아이들이 동화를 깊이 그리워하고 있다는 사실이 분명해졌어. 사람을 긴장시키는 그런 동화 말이야. 지금 이 순간에도 여러 나라에서 사자왕 형제를 사랑하는 아이들이 보낸 편지가 쏟아지고 있어. 지금까지 그 어떤 책을 펴냈을 때도 이렇게 강렬하고 즉각적인 반응을 본 적은 없어." [21]

아스트리드 린드그렌은 『사자왕 형제의 편지』를 펴낸다. 어린 독자들의 질문 몇 가지가 풀리지 않은 채 남아 있었기 때문이다. 이 책에서 그녀는 형제에 대한 사실을 몇 가지 더 알려 준다. 요나탄과 동생 칼은 낭길리마에 잘 도착한다. 모든 것이 형제가 바라던 그대로였다. 그들은 숲을 누비며 말을 타고 모닥불 앞에 앉아 불을 쬐거나 낚시도 한다. 사악한 지배자 텡일과 배신자 요시스는 죽어서 다른 세상으로 갔다. 로크루메로 간 것이다. 그곳에서 악당들이 특별히 힘들게 지내지는 않았지만, 절대 다른 사람에게 고통을 주거나 비밀을 누설하는 일 따위는 없다. 두 괴물 역시 아주 먼 곳으로 가 버렸다. 하지만 사람들은 그 일에 관해 아무것도 알지 못한다. 작가는 이렇게 어린 독자들을 안심시켰다.

그런데 린드그렌이 어른들과 나눈 대화 내용은 이랬다. "난 낭기열라나 낭길리마 또는 하늘나라 같은 건 믿지 않아요. 처음 구상한 이야기에서는 동생 칼이 맨 마지막 페이지에서 죽게 되어 있었어요. 그것도 부엌에 있는 긴 의자에 누워서요. 칼이 계속 살아가려면 낭기열라에서 벌어지는 일들이 필요했지요. 요나탄이 칼을 불길 속에서 구하고 떨어져 죽은 다음에요. 죽음에 몸을 던지는 일도 원래는 칼의 상상 속에서만 일어나는 일이었고요. 그래요. 그래요. 내 속에 있는 어른은 그렇게 해야 한다는 것을 알고 있었어요. 그렇지만 내 속에 있는 아이는 그걸 용납하지 않잖아요. 그래서 부탁드리는데, 아이들에겐 절대 말하지 마세요. 말하면 정말 큰일 날 줄 아세요!"[22]

이 시점에, 그러니까 아스트리드 린드그렌의 새 책에 대한 토론이 불붙고 있는 마당에, 린셰핑 대학교는 그녀에게 명예박사 학위를 수여했다. 이 일은 긍정적인 신호가 되었다. 1974년 스웨덴도서협회가 말 많은 이 책에 메달을 주었고, 소련은 그녀에게 '특별 미소상'을 수여했다. 또 빌헬름 하우프 상과 야누슈 코르착 상 역시 『사자왕 형제의 모험』에게 돌아갔다.

1974년, 군나르 에릭손이 세상을 떠났다. 아스트리드는 그가 죽기 전 마지막 한 주를 네스에서 보내면서 그의 곁을 지켰다. 그녀는 오빠의 죽음을 몹시 슬퍼했다. 군나르는 그녀에게 어린 시절 최고의 놀이 친구였고, 『떠들썩한 마을의 아이들』에서 라세가 되어 영원히 우리 기억 속에 자리하고 있다.

친구들과 오랜 동료들이 하나 둘씩 세상을 떴지만, 아스트리드 린드그렌이 혼자 있는 일은 점점 드물어졌다. 기자들이 그녀를 에워쌌고 쉴 틈 없이 여러 영예를 얻었다. 전 세계에서 온 방문자들을 맞이하고 연설을 하고 작품을 낭송했다. 그녀에게는 고요한 시간이 꼭 필요했다. 여러 해 전 그녀는 일기장에 이렇게 적었다. "오늘 난 혼자 있기로, 아무것도 하지 않기로 마음먹었다. 하루 종일 행복하게 혼자 있으면서 책을 읽고 베토벤을 듣는 것만 빼고. …… 맙소사! 사람들은 도대체 어떻게 지루해할 수 있을까? 이런! 대체 어떻게 책을 다 읽고 음악을 듣고 세계 모든 곳을 가 보는 일을 해내지? 아니다. 그건 다 거짓이다. 난 아무 곳도 돌아보고 싶지 않다. 경이로운 자연을 체험하는 데, 사람들을 경험하고 예술을 마주하는 데 찰나처럼 짧은 인생에 주어진 시간을 쓸 것이다. 그런 일들을 훨씬 더 하고 싶다. 이 모든 일을 하고 나서도 시간은 물론 더 필요할 것이다. 그저 가만히 앉아서 나 자신을 뚫어져라 쳐다볼 시간 말이다."[23]

그토록 바빴지만 그녀의 삶에는 늘 우정이 자리 잡고 있었다. 세르스틴 크빈트, 마리안네 에릭손, 마르가레타 스트룀스테트가 그녀 곁에 있었다. 결혼해서 프리에스 부인이 된 소꿉 친구 마디 켄도 있었다. 엘사 올레니우스는 아스트리드의 생일을 축하해 주려고 그녀와 함께 영국으로 여행을 떠났다. 11월이었고, 두 친구는 런던의 한 레스토랑을 찾아가 오스카 와일드가 늘 앉았던 바로 그 자리에 앉았다. 그녀는 가끔씩 올레니우스와 도보 여행을 하거나 스위스로 가서 한껏 휴식을 취하기도 했다.

아스트리드의 삶은 궤도를 벗어나지 않고 그 위에서 조화롭게 돌고 있는 것처럼 보인다. 겉으로 보면 어떤 위기나 큰 변화가 드러나지 않았다. 개인적인 심경의 변화들은 오히려 책 속에 더 잘 드러나 있지 않을까? 카린 뉘만의 말이다. "당신 생각이 옳은 것 같아요. 제가 보기에도 엄마의 삶은 계속 이어졌어요. 책과 영화는 새로운 사람들을 만나고 친구를 사귀는 계기가 되었어요. 엄마에겐 이런 것들이 중요했어요. 저 역시 엄마의 삶에서 특별히 두드러지는 점들을 찾아볼 수 없어요."[24]

작품들이 아스트리드에게 큰 부를 가져다 주었지만, 그녀는 달라가탄의 소박한 생활 방식을 고수했다. 유일하게 돈을 많이 쓴 일은 네스의 농가를 사서 보수한 것이다. 재산은 자녀들에게 선물하거나 도움을 청하는 수많은 사람들에게 주었다. 오늘날 마리안네 에릭손은 아스트리드 린드그렌이 모르는 사람들에게 뻔히 알면서도 이용당했다며 분통을 터뜨렸다.

"그녀는 신세타령을 늘어놓는 편지를 수도 없이 받았어요. 아이들 편지도 셀 수 없이 많았고요. 때로는 편지를 읽고 눈물을 흘리지 않을 수 없었죠. 그렇지만 더 많은 어른들이 끔찍한 이야기를 하면서 손을 벌렸어요. 아스트리드는 전적으로 공감하면서 그들을 도우려 했고, 저는 그녀에게 말했어요. '모든 사람을 도울 필요는 없어. 그 사람들이 적어 보낸 얘기들은 어쩌면 사실이 아닐지도 몰라.' 그래도 그녀는 거의 빠짐없이 돈을 부쳐 주었어요. 그런 일들을 보면서 아스트리드가 차라리 그 편지들을 읽지 않는 편이 낫겠다고 생각했어요."[25] 아스트리드는 BRIS(Barnens rätt i samhället:사회 속 어린이의 권리) 같은 사회 기관을 후원하기도 했다.

세금을 피하려는 수많은 스웨덴 사람들과 대조적으로 아스트리드 린드그렌은 단 한 번도 외국에 투자한 적이 없다. 스웨덴 세율은 아직까지도 유럽에서 가장 높은 수준이다. 그러나 아스트리드 린드그렌이 세상 물정을 몰라서 그렇게 한 것은 아니었다. 그녀는 법을 준수하고 사회 연대를 꾀하고 돈 문제를 정확히 처리하고 싶어 했다. 그런데 어느 날 102%의 세금을 고지받자 말할 수 없이 분노했다.

그녀는 동화 『모니스마니엔의 폼페리포사』에서 이렇게 썼다. "말도 안 돼. 그렇게 높은 세율은 있을 수가 없어!" 이 동화는 1976년 일간지 『엑스프레센』에 발표되었다. 그 이야기로 이 어린이책 작가는 전혀 예상치 못했던 시사정치 문제에 휘말린다. 작가는 특별한 목표를 두고 친절하지만 비꼬는 듯한 어조로 정치권의 뺨을 후려쳤다. 스웨덴 세금 체계의 부조리와 이상 발육을 비판하기 위한 따귀였다. 정치인들에 대한 신뢰가 송두리째 무너져 내렸다.

"대체 내게 무슨 일이 일어난 거지? 폼페리포사는 어두운 구석에서 생각에 잠겼다. 이들이 정말 현명한 남자들이었을까? 내가 그토록 높게 평가하고 감탄해 마지않던 사람들이었을까? 이런 일들로 도대체 무엇에 이르려는 걸까? 무엇을 열망하고 있을까? 나라를 그렇게 망쳐 버리고, 또 마치 불가능한 것들을 가능한 것처럼 말하고. …… 정말이지 짜증스러운 기분과 서로를 질투하는 마음으로 온통 차 있어. 그런 마음이 가득 차서 고약한 냄새를 풍기는 거라고. 모니스마니엔을 뒤덮은 건 이런 썩은 공기뿐이야. 그녀는 그렇게 생각했다. 그런데 왜 어느 누구도 큰 소리로 분명하게 자기 의견을 말하지 않을까?"[26]

이 글은 마침 선거전이 한창일 때라 큰 반향을 불러일으켰다. 특히 정부 관계자들은 상황을 매우 심각하게 받아들였다. 아스트리드 린드그렌이 덧붙인 "두려워하시오, 현명한 남성들이여!"라는 글귀가 그들에게는 더욱 위협적으로 비쳤다. 재무부장관 스트렝은 "존경하는 친구 아스트리드 린드그렌"이 모든 것을 올바르게 이해하지 못한 것 같다는 말로 시작하는 공개 해명을 했다. 조금도 어울리지 않는 어조이긴 했지만, 정부는 급하게 세율 인하법을 공포했다.

이에 작가는 곧바로 두 번째 글을 써 미약한 동화가 국가 권력을 움직이는 힘을 발휘한 것은 오로지 선거전을 앞두고 있기 때문이라고 분명히 밝혔다. 그러고는 새롭게 위협을 가했다. "우리는, 우리 스웨덴 국민들은 당신들을 뽑는 사람들이다. 그러나 우리는 당신들을 무너뜨리는 사람들이기도 하다. 만약 당신들이 우리를 위해 일하지 않고, 또 우리가 지적한 문제들을 해결하지 않는다면 …… 우리나라 스웨덴에서 뭔가가 태만하게 돌아가고 있음이 확실하다는 얘기다."[27]

아스트리드 린드그렌은 수많은 스웨덴 사람들을 대변했다. 그러나 이제는 관계 맺고 싶지 않은 이해집단에게 이용당하지 않도록 힘껏 방어해야 했다. 스웨덴의 중소기업가들은 알지도 못하는 사이에 동의도 구하지 않고 그녀를 명예회원으로 만들었다. 자유당원들도 저명한 작가를 선거 유세에 끌어들이고 싶어 했다. 그들은 『모니스마니엔의 폼페리포사』에서 필요한 곳만 편집해 만든 전단지를 무려 18만 장이나 배포했다. 린드그렌에게 셀 수 없이 많은 편지들이 쏟아져 왔다. 수많은 목소리가 그녀를 지지했고, 다른 목소리들은 그녀가 친구들에게 잘못을 저지르고 있다고 비난하기도 했다.

그러나 몇 주 뒤 이 작가가 얼마나 정확하게 국민 대다수의 불만을 대변했는지가 밝혀졌다. 사회민주당이 집권 40년 만에 처음으로 선거에서 패배한 것이다. 폼페리포사의 글이 정부를 무너뜨리는 데 큰 영향을 미쳤다는 사실은 의심할 여지가 없었다. 그러나 아스트리드가 승리한 것은 아니었다. 카린이 기억하듯이 그녀는 오히려 예상하지 못한 상황으로 내몰렸다. "그때까지 엄마는 모든 사람들에게 사랑을 받았고 감탄의 대상이었어요. 그런데 갑자기 많은 사람들이 엄마의 적이 되어 버렸지요."[28]

아스트리드 린드그렌은 변함없이 자기 자신에게 진실했다. 정치적 논란에 참여했다면, 그 논쟁은 언제나 자신의 현실과 연관되어 있었다. 전에도 이미 몇 가지 문제들에 대해 목소리를 낸 적이 있었다. 1967년 즈음에 그녀는 이런 글을 썼다. "미국이 베트남을 공산주의에서 구하겠다고 나섰다. 이런 멍청이들 같으니!"[29] 아스트리드 린드그렌의 정치적 입장은 실용적 이익을 추구하는 것과는 거리가 멀었다. 그녀는 불평등과 테러, 아이들에게 가해지는 폭력, 지구 위에서 벌어지는 부의 불균등한 분배 등의 문제를 고심했고, 또 날이 갈수록 파괴되는 환경 문제와 씨름했다.

그러나 책에서는 이런 문제들을 분석하고 어린 독자들에게 논리적인 이유를 들이미는 대신, 주인공이 직감에 따라 행동하게 했다. 반 친구 미아가 매질을 당할 때 마디타가 한 행동이 좋은 보기다. "다시 교장 선생님이 회초리를 들어 올린다. 그 순간 누군가가 소리친다. 미아 목소리가 아니다. '안 돼요. 안 돼, 안 돼, 안돼요!' 마디타가 소리친다. 눈에서 눈물이 쏟아져 내린다."[30]

2년이 지나 아스트리드 린드그렌은 새롭게 주목받는다. 1978년, 명성이 자자한 독일도서협회 평화상을 받는 첫 번째 어린이책 작가가 된 것이다. 앞서 이 상을 받은 사람들은 알베르트 슈바이처나 헤르만 헤세, 마르틴 부버 등 유명한 인물들이었다. 그녀는 상금 1만 마르크를 받아 두 개의 기관을 세우는 데 쓴다. 어린이의 행복을 위해 온 힘을 다하는 것이 이 기관의 목표였으며, 독일과 스웨덴에 각기 세워졌다.

이때 수상 소감에서 그녀가 한 말은 사람들을 감동시켰다. "이건 꽤나 빛나는 상이고, 전 인사말을 써서 주최측의 검토를 받아야 했습니다. 그래서 인사말을 써서 독일로 보냈는데, 얼마 지나지 않아 최고 결정권자로부터 편지 한 통을 받았습니다. 상을 받고 그냥 '짧게, 감사함'만 표시하면 충분할 거라고 하더군요. 답장을 썼죠. 인사말을 하는 것이 허락되지 않는다면 그곳에 가지 않을 테니, 다른 사람이 제 상을 받아 '짧게, 감사함'만 표시하면 될 거라고요. 주최측에서 생각을 바꿨고 덕분에 저는 이렇게 인사말을 할 수 있게 되었습니다."[31]

작가는 이어서 "폭력은 절대 안 돼"라는 제목으로 연설을 했다. 그녀는 적대국들이 벌이는 군비 경쟁과, 그로 인한 3차 세계 대전의 공포를 가정에서 매일같이 자행되는 폭력과 연관시켰다. 그런 다음 편치 않은 질문을 던졌다. "폭력을 포기하는 법을 배울 수는 없을까요? 완전히 새로운 종류의 인간이 되는 법을 배우려고 노력할 수 없을까요? …… 얼마나 많은 아이들이 폭력 속에서, 그것도 '가장 사랑하는' 부모가 휘두르는 폭력 속에서 첫 가르침을 받았을까요? 또 얼마나 많은 아이들이 이렇게 배운 것들을 다음 세대에 전해 주었을까요! 그렇게 아이들 감정을 억압하고 파괴하는 교육 방법을 쓰면서, 도대체 어떻게 열린 마음을 지닌 관대한 인간을 키워 내려는 건가요?"

마지막으로 그녀는 한 엄마 이야기를 들려주었다. 아들이 얌전히 굴지 않자 엄마는 매를 들려고 했다. 그런데 때마침 회초리를 찾을 수 없자, 아들을 뜰로 내보내 막대기를 하나 가져오라고 명령했다. 아이는 한참 뒤 울면서 돌을 하나 들고 돌아왔다. 그리고 막대기를 하나도 찾을 수가 없으니 그 돌을 던지라고 말했다. "그때 엄마도 눈물을 흘리기 시작했습니다. 갑자기 모든 일을 아이의 시선으로 볼 수 있었으니까요. 아이는 분명히 이렇게 생각했을 겁니다. '엄마가 정말로 날 아프게 할 생각이구나. 막대기 대신 돌로도 그렇게 할 수 있겠지.' 엄마는 어린 아들을 품에 안고 한동안 함께 울었고 돌을 부엌 바닥에 내려놓았어요. 그때부터 그 돌은 언제나 경고물이 되어 주었습니다. 그 순간 그녀는 자기 자신과 이렇게 약속했습니다. **폭력은 절대 안 돼!**" [32]

일 년 뒤, 스웨덴에서는 매질과 그 밖의 부모 폭력을 금지하는 법안이 공포되었다. 이런 법은 전 세계를 통틀어 최초로 생겨난 것이었다. 그러나 어느 나라에서나 그 필요성을 공감한 것은 아니었다. 독일에서는 이 법을 우습게 여기기까지 했다. 신문들은 부모와 자식이 법정에서 밀고 당기는 만평을 찍어 냈다. 그럼에도 이 연설은 독일에서 긍정적인 반향을 불러일으켰다. 연설문은 오랫동안 수없이 인쇄되었고, 토론에 불을 붙였으며, 부모의 체벌 금지로 향하는 길을 터 주었다. 체벌을 없애려는 많은 노력에도 불구하고, 독일에서는 2000년 11월에 이르러서야 체벌 금지를 법으로 제정했다.

1980년대 초반 들어 원자력 에너지에 관한 논쟁이 여러 나라에서 새로운 양상을 띠고 전개되었고, 스웨덴에서도 마찬가지였다. 1979년 스리마일 섬에서 원자로 사고가 난 뒤, 스웨덴 정부는 국민들의 압력에 굴복해 어쩔 수 없이 국민투표를 실시했다. 아스트리드 린드그렌도 이 문제에 관한 의견을 글로 썼다.

1980년 3월 3일 『엑스프레센』지에 발표한 "공포를 자극하는 선전선동"이 바로 그 글이다. 여기에서 그녀는 이해하기 쉽게, 하지만 절대 단순하지 않게 원전 반대자와 옹호자가 어떻게 서로 다른 입장을 보이는지 설명했다. 원자력 발전소의 활용 가능성에 관한 사실은 물론 극단적인 위험 요소에 이르기까지 일반적으로 잘 알려진 사항들이었다. 그녀는 다음과 같은 결론에 이르렀다. "이것은 일종의 맹목적인 낙관론이다. 시기를 막론하고 이러한 낙관론은 불 보듯 명백한 위험 앞에서 사람들을 눈감게 만들었다. 원자력 발전과 관련해서 이러한 낙관론은 무책임하며 용서할 수 없는 것이다."[33]

아스트리드 린드그렌은 자신의 정당 입당과 성명 발표를 둘러싸고 벌어지는 소란스러움을 좀체 견딜 수가 없었다. 더 이상 휘황한 조명 아래서 주목받고 싶지 않았다. 그럼에도 사안이 매우 중요하다고 판단하면 언제든지 다시 글을 썼고 자신의 입장을 관철시키기 위해 노력했다.

이런 공적인 활동과 대조적으로 1977년 이후 아스트리드 린드그렌은 사생활이 대중에게 알려지는 걸 피한다. 국제적으로 칭송받는 작가가 된 뒤 해외 여행을 마치고 스톡홀름에 막 도착한 그녀는 커다란 충격을 받는다. 여행에서 돌아올 즈음 마르가레타 스트룀스테트가 쓴 전기가 출간되었는데, 스웨덴의 모든 대중 신문들이 첫 면을 라르스 린드그렌의 사진으로 요란하게 장식한 것이다. 오늘날 마르가레타 스트룀스테트는 그날을 "정말 끔찍"했다고 회상한다.

"제 책이 나왔을 때 저녁 신문에 라르스 사진이 실렸고, 그 밑에는 '아스트리드의 숨겨진 아들'이라고 적혀 있었어요. 라르스는 어쩔 줄 몰라하며 몹시 당황했어요. 라르스가 알려지지 않은 인물은 아니었으니까요. 아스트리드는 라르스를 단 한 번도 쉬쉬 하며 감춘 적이 없었거든요. 외팅거 출판사도 처음에는 제 책을 출판하고 싶지 않다고 했지만, 결국은 책을 냈지요."[34]

아스트리드는 결혼하지 않고 라르스를 낳았다는 사실을 한 번도 속인 적이 없지만, 그렇다고 공개적으로 알린 적도 없었다. 그래서 외팅거 출판사 가족들 역시 여러 해 동안 이 사실에 관해 아무것도 몰랐다. 마르가레타 스트룀스테트는 이 문제로 아스트리드와 아주 오랫동안 이야기를 나눠야 했다.

"처음에 아스트리드는 이 사실에 대해 쓰는 것을 원하지 않았고, 전 그 상태로 전기를 쓰기 시작했어요. 그러다 그녀의 인생 이야기에서 이 시기를 언급하지 않은 채 어떻게 글을 써 나가야 할지 모르겠다고 털어놓았어요. 우리는 서로 아주 솔직하게 이야기를 나눴고 마침내 그녀가 말했어요. '알았어. 내 말을 그대로 옮겨 적을 수 있다면 써도 좋아.' 지금 책에서 그 부분을 다시 읽으면 그녀가 이 사실을 아주 쉽게, 별로 마음에 두지 않고 털어놓았음을 알아차릴 수 있어요. 누군가가 그녀를 동정했다면, 그녀는 아주 싫어했을 거예요. 어쨌거나 이 사실을 언급하지 말라고 말리는 일은 더 이상 없었어요."[35]

그런데 기자들이, 그것도 여성지와 대중 잡지의 기자들이 사생활을 하나하나 들춰내 생채기를 낸다는 사실에 작가는 이성을 잃고 분노한다. 그녀는 입술을 꽉 깨물고 아무 말도 하지 않았다.

이런 식의 폭로는 라르스와 그 아내의 비극을 가속화시켰다. 세르스틴 크빈트가 설명한다. "라르스는 여느 때보다 훨씬 더 심하게 술을 마셨고, 그의 아내도 마찬가지였어요. 그녀는 전엔 술을 마시지 않았어요. 아주 귀여운 아가씨 같았죠. 그런데 남편보다 더 깊이 술에 빠져들었어요. 적어도 라르스는 술에 대한 경험이 많아서 음주벽을 조절할 줄 알았으니까요. 그렇지만 라르스는 알코올 중독에서 빠져나오기 위해 어떤 치료도 받지 않았어요. 1986년 라르스가 세상을 뜨자, 그의 아내는 계속 점점 더 많이 마시게 되었어요. 아스트리드와 그녀의 어머니는 오랫동안 의논한 끝에 그녀를 전문병원에 입원시켰어요. 결국 그녀도 알코올 문제로 목숨을 잃었지요."[36]

아스트리드 린드그렌은 언론과의 불쾌한 경험에서 자신만의 결론을 이끌어 냈다. "그 뒤로는 자신에 대한 정보를 공개할 때면 자제하는 태도를 보였고, 더 판에 박힌 듯해지고 비꼬는 어조를 띠게 되었다."[37] 그녀는 언론인들과 겉과 속이 다른 관계를 맺을 수밖에 없게 되었다. 다른 한편으론 기자들을 집으로 맞아들이고 참을성 있게 몇 가지 정보를 주기도 했다. 상대방에게 호감을 느끼면 그녀는 자기 입장에서 질문을 던졌다. 기자들은 돌아가서 인터뷰 녹음 테이프를 듣고는 대부분의 시간 동안 자기 혼자 이야기했다는 사실을 깨닫곤 했다. 아스트리드는 질문자 앞에서 대부분의 생각을 숨겼다. 언제나 다정히 웃으며 답했지만, 그들에게 맛보인 진실은 얼마 되지 않는, 그리고 언제나 똑같은 몇 가지 사실뿐이었다.

마르가레타 스트룀스테트는 그녀가 개인적으로 관계를 맺는 방식에서도 이와 비슷한 구석이 있었다고 기억한다. "그녀는 다른 사람들과 달랐어요. 이야기를 잘 들어주었고 어떤 평가도 내리지 않았을 뿐 아니라, '이거 해라, 저거 해라' 같은 말도 하지 않았어요. 그러나 모든 것을 아주 잘 이해했어요. 사람들은 그녀와 함께 있을 때면 채 30분도 되지 않아 자신의 삶에 대해 모든 걸 이야기했어요. 그렇지만 정작 그녀는 자기 삶에 대한 얘기는 하고 싶어 하지 않았어요."[38]

아스트리드 린드그렌은 자신의 책에 관해서 어떤 의견 교환도 필요로 하지 않았다. 비평가들의 논평에서 완전히 자유로웠는데, 다만 아이들과 부모들 의견은 중요하게 여겼다. 그러나 문학 이론가들의 날 선 해석에 점점 예민하게 반응하게 되면서, 마침내 자신의 근황이나 작품에 관한 정보를 주는 일을 거부했다. 지친 목소리로 책 안에 모든 것이 들어 있으니 스스로 책을 읽는 편이 낫겠다고 말하기도 했다. 자신의 작품과 에세이를 변호하기 위해 다른 이들의 이론을 빌려 쓰는 일은 그녀에게 고통이었다. 그녀는 마음속 아이를 위해 글을 쓰고 직감에 따라 이야기를 펼쳐 나갔지, 어떤 대단한 준비나 고려 같은 것은 하지 않았다고 끝없이 힘주어 말했다. 그러나 이런저런 것에 어떤 뜻이 담겨 있는지에 관한 질문이 끊이지 않자, 언제부턴가 이렇게만 대꾸했다. 정말이지 아무 뜻도 없었다고.

그녀는 이미 여러 해 전부터 매체의 관심이 자신을 점점 더 강하게 죄어 온다는 느낌을 떨쳐 버릴 수 없었다. 1960년, 그녀는 친구에게 편지를 썼다.

"청취자들의 반응에 신경 쓰지 않으려고 마음먹으니까 눈물이 쏟아져 내렸어. 거세게 터져 나오는 눈물이었고, 분노를 담은 눈물이었어. 그때서야 비로소 그 어떤 일도 인기를 끄는 일보다 낫다는 사실을 깨달았어. 그리고 얼마 지나지 않아 서독방송국에서 사람을 보내 왔어. 그들은 거실 가득 텔레비전 케이블을 풀어 놓고는 내가 언제 처음으로 민주주의에 관심을 갖게 되었는지를 물었지. 그래서 그 질문에 직접 대답하는 대신 히틀러가 베를린에서 책을 불태웠을 때, 그 일이 얼마나 강렬하게 머릿속에 새겨졌는지를 말해 줬어. 이제부터 더 이상은 독일에서 인기를 누리지 못하겠지. 아니야. 『미오, 나의 미오』로 무엇을 이야기하고 싶었냐는 질문에 아침마다 대답하진 않을 거야. 난 얌전해지지 않을 거고, 어떤 대중 잡지에도 실리지 않을 거야." [39]

8. "꼭꼭 숨어 버리려고요"

아스트리드 린드그렌의 작품에 나오는 인물들은 대개 자연과 매우 친밀한 관계를 맺고 있다. 농촌에 살든 도시에 살든 관계없이 그렇다. 1981년에 이르러 새로운, 특히 자연과 더욱 밀접하게 결합된 피조물이 어린이책 세계에 등장한다. 바로 산적의 딸 로냐다. 『산적의 딸 로냐』는 그녀가 쓴 마지막 소설로, 제목에도 주인공 이름이 드러나 있다. 로냐는 마음속 깊은 곳에서 우러나오는 대로 자연을 사랑할 뿐 아니라 스스로가 자연의 일부로 존재한다.

이 책은 걸작이다. 어쩌면 아스트리드 린드그렌의 작품을 통틀어 가장 뛰어난 작품일지도 모른다. 아울러 모든 문학 장르 사이의 벽을 허물고 뛰쳐나와 경계들을 넘나들고 있다는 점에서도 특징적이다. 사건 전개 방식을 볼 때, 이 작품은 고전적인 강도 이야기이다. 하지만 이 시기에 깨어나기 시작한 환경 의식에 꼭 들어맞는 생태동화로 분류할 수도 있고, 『로미오와 줄리엣』 같은 사랑 이야기로 볼 수도 있다. 물론 비극의 주인공에게 벌어지는 일들이 로냐가 겪는 사건들과 상당히 거리가 있지만 말이다. 그 밖에도 여러 사람들은 이 책을 여성주의 시각의 동화라고 보았다. 하지만 정작 여성주의 신문 『엠마』는 여성에게 적대적인 책이라며 맹렬히 비난했다.

한 비평가도 썼듯이, 이 책에서 아스트리드 린드그렌이 구사하는 문체는 다른 작품들과 분명히 구별된다. "이 노인은 곧 일흔넷이 된다. 그녀는 이 책에서 노련한 솜씨를 발휘해 독자들을 사로잡는다. 잔인함이 자연스런 노화의 징후인지 어떤지는 알 수 없지만, 그녀의 묘사는 날것처럼 가공되어 있지 않고 잔인하다."[1]

스티그 엥젤의 이러한 평가는 정당하다. 이 책에 사용된 언어와 강도들의 삶이 펼쳐지는 거친 환경은 서로 잘 들어맞는다. 그들은 욕설을 퍼붓고, 어두컴컴한 성을 통과하며 쿵쿵 발을 굴러대고, 날이면 날마다 생존을 위해 싸움을 벌인다. 먹을 것과 마실 것을 얻기 위해, 벽난로 가의 따뜻한 자리를 차지하기 위해, 또 위험한 맹수들로부터 생명을 지키기 위해.

숲에서 로냐가 벌이는 놀이는 재미있는 여가 활동이 아니었다. 살아남기 위해 기본 바탕이 되는 행동들을 배우는 과정이었다. 인간들이 갖는 사랑, 자부심, 절망과 분노 같은 감정들이 이 세계에서 터져 나온다. 『산적의 딸 로냐』는 "삶의 조건에 대해, 또 인간으로 존재하는 것이 얼마나 어려울 수 있는가에 대해"[2] 이야기한다.

높은 산꼭대기의 마티스 성에 사는 로냐는 부모님으로부터 잘 보호받으며 유치하지만 나름대로 사랑스런 강도들 틈바구니에서 자라난다. 산적의 딸은 이곳을 기점으로 깊은 숲 속을 탐색해 간다. 숲 속에는 맑은 계곡과 햇살이 잘 드는 빈터뿐 아니라, 땅의 잔인한 정령들과 야만적인 마녀들, 그리고 다른 사악한 생명체들도 살고 있다. 로냐가 비르크를 알기 전까지 아이의 하루하루는 새로운 발견과 모험으로 충만하게 흘러간다.

비르크는 강도 두목 보르카의 아들이다. 비르크와 로냐는 같은 날 밤에 태어났고, 그들이 태어난 바로 그 순간 벼락이 쳐서 마티스 성과 산을 둘로 갈라 놓았다. 그 뒤 절반으로 갈라진 성과 성을 둘러싸고 있는 산 사이에는 지옥처럼 깊은 낭떠러지가 입을 벌리고 있었다. 보르카 패거리–마티스 패거리의 가장 강력한 적이다–가 산의 나머지 반쪽에 자리 잡자 두 패거리 사이에는 서로에 대한 강렬한 증오심이 불타오른다. 그럼에도 로냐와 비르크는 남몰래 우정을 맺는다. 인정하고 싶지 않지만 상대방이 자신에게 꼭 필요하다는 사실도 깨닫는다. 그들은 서로의 생명을 구해 주고 친남매처럼 결속된 느낌을 갖는다.

그러던 어느 날 마티스 패거리가 비르크를 인질로 잡으면서 두 무리 사이의 적대감은 더욱 뾰족하게 날이 선다. 로냐는 이제 아버지와 친구 가운데 어느 한쪽을 선택해야 한다. 그녀는 신처럼 우러러보던 사랑하는 아빠를 떠나 비르크와 숲으로 들어간다. 숲에서 아이들은 자연과 조화를 이루어 사는 법과 식량을 구해 생계를 이어 가는 법을 배운다. 함께 힘을 모아 위험을 극복하며 둘은 서서히 엄마와 아빠 역할에 익숙해진다. 하지만 겨울이 오자 옛집으로 돌아갈 수밖에 없다. 마침내 로냐와 비르크는 두 패거리를 화해시키고, 자신들은 강도질을 안 할 것이라고 선언하며 미래를 향한 꿈에 부푼다.

『산적의 딸 로냐』는 감각을 일깨우는 책이다. 그 안에는 고통스러운 심정으로 어린 시절과 이별하는 장면, 내면에서 샘솟는 진정한 삶의 기쁨에 관한 장면들로 가득하다. "어둑어둑해지기 시작했다. 아름다운 여름날 저녁이었다. 로냐와 비르크는 사람의 손이 닿지 않는 밤의 요정이 있다는 것이 얼마나 가슴 벅찬 일인지 이야기했다. 밤이나 낮이나 해와 달과 별빛 아래서 계절이

고요히 흘러가는 동안 숲이 주는 자유를 누리며 사는 것은 또 얼마나 아름다운 일인가. …… '죽을 때까지 이 여름을 내 안에 소중히 간직하게 될 거야.' 로냐가 말했다."[3]

『산적의 딸 로냐』가 출판되자마자 다시 언론인들의 질문이 쏟아졌고, 이 책을 둘러싼 해석과 이론들이 넘쳐 났다. 학생들은 학위 논문을 쓰기 위해 작가에게 질문지 뭉치를 보내 왔다. 전 세계 강대국의 선생 수백 명은 이 유명한 스웨덴 작가에게 긴 편지를 써 보내라고 자기 반 학생들을 다그쳤다. 그것도 질문을 많이 넣고 "아주 빨리" 답장해 달라고 주문하라면서. 아스트리드는 이런 일을 두고 "선동"했다고 표현했다. 더 이상 그녀는 이런 일을 반기지 않았다.

결국 출판사는 그녀의 삶과 작품에 관해 가장 자주 받는 질문과 그에 대한 대답을 모아 정보지를 만들었다. 아스트리드는 자신은 편지가 아닌 책을 쓰고 싶은 사람임을 아이들에게 이해시켜 달라고 부탁했다. 1982년 11월, 일흔다섯 번째 생일이 지나자 그녀는 서신 왕래와 관련된 일에 도움을 받기로 마음을 정한다. 그 뒤로는 셰르스틴 크빈트가 일주일에 한 번씩 집으로 찾아와 우편물을 관리해 주었다.

크빈트는 여러 해 동안 라벤 & 셰그렌 출판사에서 외국 저작권과 관련된 일을 해왔다. 그녀가 지은 책 『세계 속의 아스트리드』에서는 아스트리드의 책들이 이 스웨덴 여인에게 어떤 성공의 길을 열어 주었는지를 읽을 수 있다. 그건 유례를 찾아볼 수 없는 전무후무한 것이었다. 그녀의 작품은 85개 언어로 번역되었다. 세계적으로 1억 3000만 권 이상 판매되었는데, 그 가운데 2500만 권 이상이 독일에서 팔렸다. 그 사이에 이 어마어마한 발행 부수를 한눈에 알아볼 수 있게 표현한 그림이 나와 유명해지기도 했다. 이 책들을 이으면 지구를 세 바퀴 두를 수 있다는 것이다. 셰르스틴 크빈트의 책에서는 아스트리드의 책과 관련된 특이한 일까지 세세히 찾아볼 수 있다. 예를 들어 지금은 붕괴된 구 소련에서 대다수 가족들은 책을 두 권 소장했는데, 한 권은 성경이고 다른 한 권은 『지붕 위의 카알손』이었다는 사실 등이다.

이 작가는 그 어떤 나라에서도, 스웨덴에서조차도 독일에서만큼 많은 사랑을 받은 적이 없다. 독일에서는 172개 학교가 아스트리드 린드그렌의 이름을 따서 학교 이름을 붙였다. 당연히 영국이나 미국에서도 그녀의 책을 읽었지만, 그곳 어린이 문학은 이보다 훨씬 앞서 궁색한 처지를 벗어난 상태였다. 『이상한 나라의 앨리스』, 『버드나무에 부는 바람』, 『피터 팬』, 『곰돌이 푸』 같은 책들은 이미 영어권 어린이책에 깊고 지속적인 영향을 미치고 있었다.

그와 대조적으로 프랑스 독자층은 늘 위축된 채 머물러 있었다. 1951년 『내 이름은 삐삐 롱스타킹』이 프랑스어로 출간되었을 때, 이 책은 어린이책의 고전인 『코끼리 왕 바바』와 『어린 왕자』 틈바구니에서 제대로 자리 잡지 못했다. 또 이때 출간된 프랑스어 판은 엄격한 검열 때문에 자극적인 요소들이 빠짐없이 삭제된 상태였다. 표지에 말을 공중으로 번쩍 들어 올리는 여자아이를 그려 넣는 것도 금지되었다. 사람들은 큰 말 대신 조랑말을 그려 넣는다면 그러저럭 상상해 볼 수 있겠다고 했다. "아, 그래요!" 아스트리드 린드그렌이 말했다. "그러면 두 팔을 뻗어 조랑말을 들어 올릴 수 있는 여자아이를 실제로 좀 보여 주시죠."[4] 1995년에야 비로소 원본에 충실한 삐삐 번역판이 프랑스 서점에 선을 보였다.

스웨덴의 언어문화는 아스트리드 린드그렌의 영향을 깊고도 꾸준하게 받아 왔다. 오늘날에도 많은 아이들이 그녀의 책에서처럼 로냐나 티오르벤 또는 이다 같은 이름으로 불린다. 그뿐 아니라 책에 쓰인 낱낱의 문장들도 일상에서 사용하는 언어로 자리 잡았다. 덕분에 스웨덴 사람들은 산적의 딸 로냐처럼 "이제 봄의

함성이 들려"라고 이야기할 수 있다. 우아하게 사과해야 할 때면 『지붕 위의 카알손』에 나오는 말을 빌리기도 한다. "그런 일로 대가의 영혼이 방해받진 않겠지요!" 어떤 기자는 외무부장관의 정책을 비판하는 논설에 제목을 달면서 마티스 숲에 사는 회색난쟁이가 한 질문을 따왔다. "아따, 그 냥반 와 그런다냐?"라고. 또한 보수 진영의 중앙 당수는 일간지 첫 면에 자신을 "지긋지긋한 올로프"로 부르는 기사를 실게 했다. 이 표현은 뻔뻔한 에밀에서 빌려 온 것인데, 에밀은 자기 아버지를 터무니없이 지긋지긋한 아들이라고 부르곤 했다. 스웨덴 사람들은 이렇게 슬쩍 비꼬는 말장난을 너나없이 이해했다.

스웨덴 언론인 페르 스벤손은 아스트리드 린드그렌의 책들을 "스웨덴 사람들 마음에 자리한 언어의 고향"이라 일컫는다. 그녀의 글들은 어디서나 인용되고 성경처럼 읽힌다. 하지만 그렇다고 "아스트리드 린드그렌이 불러뷔의 할머니로만 존재한 것은 아니다. 그녀는 불러뷔의 도스토예프스키이기도 하다. 그녀는 독자들을 불러낸다. …… 실존적인 문제와 도덕적인 문제, 현실 정치와 연관된 문제들과 마주 서도록 …… 이것이 바로 그녀의 이야기들이 녹슬지 않는 까닭이다. …… 사람들은 독자로서 계속해서 하나의 질문과 마주하게 된다. 이 질문은 시간을 뛰어넘어 존재하는 동시에 오늘날 현실과도 직결되어 있다. 악이 존재하는 세계 속에서 사람은 어떻게 살아야 할까?"[5] 같은 물음이다.

살아 있는 동안 아스트리드 린드그렌은 거의 해마다 스웨덴에서 가장 사랑받는 인물로 선정되었다. 왕비 실비아나 황태자비보다도 더 많은 사랑을 받아서 "세기의 스웨덴인"이라는 호칭까지 얻었다. 그러나 이런 일에 가장 놀라워한 사람은 바로 아스트리드 린드그렌 본인이었다.

1983년, 그녀는 스웨덴 남부 지역으로 낭송회를 하러 가다가 심한 자동차 사고를 당했다. 아들이 운전하던 차가 바위를 들이받은 것이다. 라르스는 다치지 않았지만, 아스트리드는 갈비뼈 다섯 대와 척추 두 군데가 부러지고 흉골 한 부분이 부서지는 중상을 입어 여러 주 동안 병원 신세를 져야 했다. 의사들은 그녀가 일흔여섯 살이지만 강철 같은 체질을 지닌 사람임을 입증해 주었고, 그녀는 마침내 완전히 회복되어 병원을 나섰다. 그러나 충격은 계속 남아 있었다. "어느 날 갑자기 사고를 당하면 모든 것이 달라 보인다. 평소와는 다르게 난 이제 너무 나이가 들었구나, 갑자기 모든 것이 사라질 수 있겠구나 생각하게 된다. 그렇지만 두려움은 아니다. 아니다. 난 조금도 두려워하고 있지 않다."[6]

사고가 난 다음 가족 가운데 제일 먼저 세상을 뜬 이는 아스트리드가 아니라 라르스였다. 1986년 라르스의 죽음은 어머니에게 일생에서 가장 고통스러운 순간 가운데 하나가 되었다. "자식이 부모보다 먼저 세상을 뜨는 것은 자연의 이치에 어긋난다." 비탄에 빠진 아스트리드는 네스로 숨어든다. 그녀는 아들에게 죽음이 점점 가까이 다가오는 것을 지켜보았지만 막을 방법이 없었다. 마르가레타 스트룀스테트는 이렇게 회상한다. "우리는 여름마다 텔레비전 방송을 녹화했는데, 그때 그녀는 조금 갈라진 목소리로 낮게 말했어요. '사람은 살아야만 하지. 그러려면 죽음과 친숙해져야 해.' 그리고 조금 있다 들릴락 말락 말했어요. '난 그렇게 생각해. 트랄, 랄, 라.'"[7]

몇 해가 지나 셰르스틴 크빈트는 아스트리드와 코펜하겐으로 여행을 떠났고, 둘은 라르스가 양자로 살던 집 문 앞에 섰다. "아스트리드는 감정이 북받쳐 오르는 것 같았어요. 그 무렵 라르스 얘기를 많이 했고, 가끔씩은 정말이지 추억 속에서 살고 있는 것 같았어요. 한 다섯 살쯤 되어 보이는 남자애가 문을 열어 줬어요. 아스트리드가 자신이 누구인지 소개하니까 아이가 '거짓말이죠' 하고 대꾸하고는 코앞에서 문을 쾅 닫아 버렸어요. 그러고 나서 다시 그애 엄마가 문을 열어 들어가게 해 주었지요. 아스트리드는 모든 것을 보고 싶어 했어요. 무엇보다 정원을 보고 싶어 했어요."[8]

『산적의 딸 로냐』를 완성한 뒤 아스트리드 린드그렌은 더 이상 책을 쓰고 싶지 않을 것임을 예감한다. "그녀는 지난 1930~40년 대에 신문에 내려고 썼던 오래된 이야기들을 다시 펴내는 일도 역시 원하지 않았어요." 외팅거 출판사의 질케 바이텐도르프의 설명이다. "오래된 글들을 '발굴해서' 유명한 이름에 기대어 출 판 시장에 새로 내놓자고 하는 사람이 꼭 나타나곤 했어요. 아스 트리드는 그런 일을 하고 싶어 하지 않았어요. 그녀는 옛날에 쓴 이야기들은 나중에 쓴 글만큼 좋지 않다고 여겼어요."[9]

그녀의 작품 활동은 완전히 끝이 났다. 아직도 매일같이 새로 운 이야기들이 떠올랐지만 말이다. 1987년 9월 어느 날, 집 앞 바 사 공원 위로 땅거미가 내릴 무렵 아스트리드는 친구 마르가레타 에게 이렇게 털어놓았다. "저녁마다 잠자리에 들기 전에 머릿속 에 온갖 상황들을 생생하게 그려 놓고 말도 안 되게 아이들 같은 이야기를 계속 떠올려. 그러곤 이야기 속의 일들을 다 겪어 봐. 내가 직접 주인공 노릇을 하면서 말이야. 사실 이런 일에 대해서 는 한 번도 털어놓지 못했어. 아직까지도 이렇게 어린아이 같다

는 게 조금 창피하잖아." [10]

아스트리드는 자신이 여러 해 전 스몰란드에서 살던 젊은 농부의 아낙이라고 상상하는 걸 즐겼다. 농부들이 일을 시키려고 고아들을 빌려 쓰던 시절이다. 추운 겨울날 밤, 갑자기 문 두드리는 소리가 들린다. 문 앞에 어린 여자아이나 남자아이가 추위와 두려움에 떨며 서 있다. 아이는 한 대 얻어맞을 각오를 하고 있었지만, 뜻밖에도 아스트리드는 사랑스러운 손길로 아이를 품에 안는다. 목욕을 시키고 따뜻한 코코아를 한 잔 타서 가져다 준 다음 잠자리를 살펴 준다.

아스트리드 린드그렌은 자신에 대해 이야기할 때면, 자기 안에서 가장 강력하게 꿈틀거리는 본능은 '돌보기 본능'이라고 말하곤 했다. 외로운, 겁먹은 아이를 돕는 꿈은 한결같이 그녀를 따라다녔을 것이다. 이 아이는 때로는 꼬마 칼, 때로는 미오나 베르틸이라는 이름을 갖고 있다. 그리고 변함없이 라르스이기도 할 것이다.

이제 거의 여든 살이 된 이 여인은 다시 한 번 정치적 논쟁과 관련된 글을 썼다. 이번에는 동물 보호에 관한 것이었다. 작가는 3년 동안 끈질기고 완강하게 『다엔스 뉘헤테르』와 『엑스프레센』

지에 기고하면서 동물보호법 개혁을 둘러싸고 싸움을 벌였다. 그리고 마침내 성공을 거뒀다.

3년 동안 계속된 일련의 기고문은 먼저 스웨덴의 아름다운 자연 경관을 찬미하는 것으로 시작했다. 그런 뒤 여름날의 목초지 묘사로 이어졌다. 목초지에서 소 한 마리가 평화롭게 풀을 뜯고 있다. "소가 들판을 어슬렁대는 모습이 너무나 한가롭고 전원적으로 보였다. 그래서 나는 이렇게 생각했다. 사랑하는 뢸라야ㅡ 너를 이렇게 부르면 되겠지ㅡ, 너를 만나서 얼마나 기쁜지 몰라! 넌 이곳에서 마음대로 돌아다니며 스웨덴의 소로 만족스럽게 지내고 있구나. 수많은 네 형제자매들처럼 우리에 갇힌 '생산 부대'로 지낼 필요가 없잖니. 평생 망할 놈의 감옥 생활을 하면서 말이지. 넌 아무것도 모르고 있을지 모르겠지만, 그 사실에 대해 기뻐하거라!"[11]

이어지는 기고문들에서 그녀는 사태에 본격적으로 접근하며 동물들이 얼마나 잔인하게 사육되는지 이야기했다. 비용 절감, 이윤 추구가 무엇을 의미하는지 설명하면서 동물들은 그 정도쯤은 잘 견딜 거라고 반기를 드는 사람에겐 이렇게 받아쳤다. "그래요. 그럼 한번 그 증거를 보이시죠! 동물들이 얼마나 편안해하는지 한번 봅시다. 텔레비전에서 그 문제에 관한 현장 보도를 제작하게 합시다!"[12] 그녀는 대부분의 농장 경영주들도 가축우리의 상황에 불만이 많다는 점을 지적했다. 이때야말로 스웨덴의 농업 정책을 검증해 볼 최적의 시점이자, "스웨덴 농부들이 마음 깊은 데서 우러나는 진심 어린 신념에 따라, 올바르지만 지나치게 비용이 들지 않게 축산업을 운영할 수 있도록 농업 정책을 바꿀"[13] 최고의 시점이기도 하다는 것이었다.

그런 다음 아스트리드 린드그렌은 가차 없이 공격을 이어 갔다. 토론의 장을 마련하고 여러 측면에서 가축 사육을 조명하며 모든 것을 독자들 눈앞에 생생하게 펼쳐 보였다. 그 다음에는 신이 지구를 방문하게 했다. 그녀는 이러한 생각을 특별히 독창적이라고 여기지 않았지만, 이유 없이 흥미진진한 모험소설을 지어낸 것도 아니었다. 신은 도살장의 돼지들에게 인도된다. 그곳에서 인간에게 부여한 동물 지배권이 얼마나 남용되는지 분명히 알게 된다. 신은 어마어마하게 큰 가마솥 앞에 선다. 그 속에는 급하게 죽여 피를 짜낸 돼지들이 떠 있다. 너무 서두르느라 제대로 피를 빼지 않은 새끼돼지 한 마리가 갑자기 되살아나 꿀꿀대지만, 어린 돼지는 자기 목숨이 붙어 있는지 아닌지 혼란스럽다. 이제 신이 할 수 있는 일이라곤 이렇게 말하는 것뿐이다. "이 모든 일에 책임 있는 자와 이야기할 것이다."[14]

이러한 기고문들은 수의사이자 스톡홀름 농업대학의 강사인 크리스티나 포르슬룬드에게 자극을 주었다. 그녀는 이 작가에게 필요한 정보를 제공했고, 아스트리드 린드그렌은 전문적인 정보를 바탕으로 기고문을 작성하여 스웨덴 안팎에서 커다란 반향을 불러일으켰다. 이 글들은 단지 동물 사육의 잔인함을 고발하는 데 그치지 않고, 권력층의 압력과 부패한 세력들의 이권 문제까지 포괄적으로 다루었다. 뿐만 아니라 경제적인 전문지식을 갖추지 못한 독자들도 쉽게 이해할 수 있게 표현했다.

　　그러나 스웨덴의 기성 정치가들은 처음에 아무런 반응도 보이지 않았다. 그러자 아스트리드 린드그렌은 수상 잉바르 칼손을 상대로 직접 글을 쓴다. 이에 수상은 – 십중팔구 폼페리포사 사건을 기억했을 것이다– 달라가탄을 방문하기로 결정한다. 그 자리에 함께 있던 마르가레타 스트룀스테트의 설명에 따르면, 아스트리드는 특별한 예우 없이 그를 맞이했다. 그리고 자신보다 훨씬 나이 어린 정치가들이 잘못한 많은 문제들에 대해 엄하게 질책했다. 그 결과 1987년 11월 14일, 아스트리드의 여든 번째 생일을 맞아 잉바르 칼손이 새로운 동물보호법 초안을 건네주었다. 사람들은 이 법안을 오늘날까지도 '린드그렌 법안'이라 부른다. 정치가들은 이러한 조치를 훌륭한 생일 선물을 전달하는 것처럼 연출했고, 이를 지켜본 대중들은 정치가들에게 약간의 호감을 보이는 것으로 보답했다. 그러나 아스트리드와 포르슬룬드는 그 법안이 옳은 길로 향하는 아주 작은 발걸음에 불과함을 알아차렸다. 두 사람의 실망은 컸다.

그럼에도 아스트리드 린드그렌과 크리스티나 포르슬룬드의 노력은 공공의식에 영향을 미쳤고 많은 것을 이룰 수 있었다. 이 싸움꾼 작가는 동물 보호 단체가 주는 국제적인 상을 여러 번 받고, 전 세계 텔레비전 프로그램 제작자들로부터 인터뷰 요청을 받았다. 그리고 우리는 동물 보호와 관련된 그녀의 글들을 한데 묶은 책을 읽을 수 있다. 『우리 소도 재미있게 지내고 싶다: 동물 보호 논쟁에 관해서–전에는 어땠고, 왜 그랬으며, 이제는 어떻게 되었는지』라는 책이다.

나이가 들수록 그녀는 세상이 처한 상황에 점점 더 절망했다. 그녀는 지구가 병들고 망가졌다고 느꼈다. 마르가레타 스트룀스테트는 이렇게 말했다. "그녀는 아침이면 가끔씩 제게 전화를 했어요. 늘 신문에서 뭔가 끔찍한 일을 읽고 나서였죠. 물론 다른 사람들도 이런 기사들을 읽죠. 보통 사람들은 기사를 읽고 나서 차 한 잔 마시며 이 일들에 대해 이야기하고 나면 모든 게 괜찮아

지잖아요. 그런데 아스트리드는 달랐어요. 이런 것들은 그녀를 송두리째 뒤흔들었어요. 무엇보다도 아이들 운명이 걸린 문제에 대해서는 더욱 그랬어요. 예를 들어 난민 어린이 문제 같은 것에 대해서는 더 그랬어요. 그런 뒤에 그녀는 스스로에게 질문을 던졌어요. 내가 무엇을 할 수 있을까? 무엇을 해야 할까? 난 이런 일들에 맞서서 뭔가 해야 해." [15] 그녀는 강제 추방당할 위기에 놓인 정치적 망명 청소년들을 위해 모든 힘을 쏟았다.

마리안네 에릭손도 아스트리드가 얼마나 자주 상심했는지, 특히 밤새도록 잠들지 못하고 뒤척이고 나면 어땠는지 잘 알고 있었다. "스웨덴에선 새벽 서너 시 무렵을 늑대의 시간이라 불러요. 이 즈음이면 사람이 아주 우울해질 수 있거든요. 그럴 때면 아스트리드는 전쟁에 대해 곰곰이 생각했어요. 인간이 얼마나 폭력적인지 말이죠." [16]

마르가레타 스트룀스테트에 따르면, 아스트리드는 이런 이야기들을 털어놓았다. 할 수만 있다면 지구라는 행성을 조각조각 부숴 버리고 싶다고. 그게 아니면 세상 전체를 폭음과 함께 흔적도 없이 지워 버리고 싶다고. 이러한 절망은 시 「내가 신이라면」을 읽는 독자들의 가슴을 두드린다.

내가 신이라면

눈물을 흘릴 텐데.

인간들,

내가 만들어 낸

나와 같은 모습을 하고 있는 인간들을 보고.

얼마나 울어야 할까,

악랄함

야비함

야만성

어리석음

메마른 인정

절망적인 의심과

슬픔에.

......

몰아쳐라, 몰아쳐라, 폭풍아.

눈물을 흘린다.

쏟아지는 눈물의 홍수가

내 불쌍한 인간들을 덮쳐

눈물에 잠긴 그들이

마침내 안식하도록.[17]

1987년, 아스트리드는 소련의 지도자 미하일 고르바초프에게 편지를 보낸다. 편지에서 그녀는 소련이 평화회담이 성사되도록 협조한 것을 높이 평가한다. "친애하는 고르바초프 씨, 저는 당신이 할 수 있는 최선의 일을 하셨다고 생각합니다. 이로써 우리 아이들이 끝도 없이 이어지는 전쟁의 공포 속에서 살지 않아도 되겠군요." [18] 그는 답신을 보낸다. "보내 주신 편지에 깊이 감사드립니다. 소련의 수백만 어린이들이 당신의 책을 읽습니다. 이 책들은 저희 나라 젊은 세대에게 선의와 공감이라는 가치를 가르치며 그들을 교육하는 데 기여하고 있습니다." [19] 1991년 소련 군대가 발트 해로 진군하자 아스트리드 린드그렌은 고르바초프에게 다시 편지를 쓴다. 이번에는 어떤 답장도 받지 못한다.

그녀는 사람들 마음이 바뀔 수 있다는 믿음을 한 번도 잃지 않았다. 그렇다고 거리에서 만난 스킨헤드족에게 "당장 스킨헤드 짓거리를 그만둬야 해"라고 말한다면, 그것은 좀 현실감을 잃은 행동일 것이다. 그녀는 매우 절박한 삶의 문제들에 아무런 해결책도 갖고 있지 못했고, 『소년 탐정 칼레』는 1990년대의 청소년에게 더 이상 다가설 수 없었다.

아스트리드 린드그렌도 자신의 책들을 영화나 비디오 또는 카세트로 만들어 시장에 내놓는 일에 참여했고, 꿈같은 이유를 대는 작중 인물들처럼 이른바 난-북(Non-Books)의 흐름에 특별히 맞서지도 않았다. 그렇지만 빔메르뷔에 자리한 놀이공원 '아스트리드 린드그렌의 세계'에 대해서는 비판적이었다. 그 공원은 자그마한 아스트리드 린드그렌 놀이터에서 시작되었다. 새로 지은 주택가에 사는 젊은 아버지들이 아이들 몸집에 맞춰 집을 몇 채 짓고 놀이터를 만들기 시작한 것이다. 나중에 어떤 건설회사가 이 아이디어와 부지를 사들여 지역 전체를 거대한 공원으로 확장했다. 방문객들은 '아스트리드 린드그렌의 세계'에서 린드그렌 책에 등장하는 은밀하고도 아름다운 공간들을 찾아볼 수 있다.

이곳에는 모든 것이 아이들 몸집에 맞게 꾸며져 있다. 아이들 키에 꼭 맞는 마티스 성과 벚나무 골짜기, 『엄지소년 닐스』에 나오는 쥐구멍, 떠들썩한 거리와 쿤터분트 저택 등의 공간들이 원작 그대로 들어서 있다. 무엇보다도 이 공원은 놀이와 재미를 중요하게 여겨, 등장인물로 분장한 80명의 배우들이 재미난 경험을 선사하기 위해 대기하고 있다. 이들은 방문객들과 노래하며 놀고, 쫓고 쫓기는 추격전을 벌이며 함께 뒹군다.

아스트리드 린드그렌은 이 공원 감독위원회 일원이었다. 그녀는 공원을 확장할 수 있도록 허가는 했지만, 이 시설을 그리 탐탁히 여기지 않았다. 질케 바이텐도르프는 오늘날 이렇게 회상한다. "그녀는 상업 시설이 자신의 이름을 내걸고 운영되는 것을 원하지 않았어요. 그래서 입장료가 그렇게 비싼 것에 전에 없이 유감을 표시했죠. 그녀의 처음 생각은 아이들이 입장료 없이 시설을 즐길 수 있어야 한다는 것이었어요."

바이텐도르프는 아스트리드 린드그렌의 유족들이 오늘날까지 그런 프로젝트를 허가하지 않고 있다고 말했다. "이곳 독일에서는 그것을 매우 유감스럽게 여기고 있어요. 이제까지 다양한 제안들이 있었는데, 그 가운데 정말이지 돋보이는, 교육적으로도 매우 가치 있는 구상들도 있었거든요."[20]

'아스트리드 린드그렌의 세계'보다 규모가 작고 소박하지만 매력적인 곳이 바로 박물관 유니바켄이다. 이 박물관은 놀이공원으로 꾸며진 스톡홀름의 유르고르덴 섬에 자리 잡고 있다. 박물관으로 향하는 바로크 식 돛배 바사가 섬 가까이에 정박해 있다. 배를 타고 고전의 반열에 접어든 스웨덴 어린이책이 진열된 예쁘장한 전시장을 한 바퀴 돌아보고 케이블 카에 올라탄다. 케이블 카는 그네를 태우듯 천천히 앞뒤로 흔들리면서 손님들을 아스트리드 린드그렌의 소설 속 여행지로 데려다 준다. 이곳은 이야기 속 공간을 세세한 부분까지 원작에 아주 가깝게 축소해서 사랑스럽게 되살려 놓았다. 세계 여러 나라에서 온 방문객들을 위한 오디오 가이드가 다양한 언어로 준비되어 있고, 원하는 언어를 선택하면 친근한 목소리가 이 여정의 길동무가 되어 준다.

유니바켄은 비르셴룬드에 있는 마디타의 고향 이름을 그대로 따서 지은 것이다. 이곳에 전시되어 있는 쿤터분트 저택은 아이들이 맘껏 고함을 지르며 뛰놀 수 있는 공간이다. 카페에서는 카알손이 좋아하는 쾨트불라(간 고기를 공 모양으로 뭉쳐 만든 요리)와 불러뷔의 계피빵, 그리고 그 유명한 삐삐 롱스타킹의 팬케이크 또한 맛볼 수 있다.

나이가 들수록 생활에 생기를 주는 수많은 일들을 혼자서 해내기가 버거워졌다. 아스트리드 린드그렌은 갈수록 눈이 나빠졌지만, 정치나 문학에 대한 관심은 변함없이 생생하게 깨어 있었다. 세상도 마찬가지로 아스트리드 린드그렌을 시야 밖에 두려 하지 않았고, 온갖 매체들이 끊임없이 인터뷰를 요청해 왔다. 이제는 이와 관련된 대부분의 읽을거리들을 누군가가 읽어 주어야 했다. 이 작가는 언론에 대해 느낀 얼마간의 불쾌감을 마르가레타에게 털어놓았다. "여기저기서 떠들어 대는 아스트리드 린드그렌한테는 진력이 났어. 그건 내가 아니야. 다른 사람일 뿐이지."[21]

이제 그녀는 아무 상도 받고 싶어 하지 않았다. 집 안을 가득 메우고 있는 수많은 상장과 상패가 아직도 자신에게 의미가 있는지 질문을 받곤 했다. 그녀는 독일 일간지 『프랑크푸르트 룬트샤우』의 기자 마그누스 하이어에게 이렇게 대답했다. 기자의 글이다. "아스트리드는 '이리 와 보세요. 제가 좀 보여 드릴 게 있어요'라며 나를 자신의 침실로 데려갔다. '보이시죠? 저 큼직하고 무게가 나가는 상패들은 창문을 열어 둘 때 고임돌로 요긴하게 쓸 수 있어요. 이곳은 바람이 아주 많이 불거든요'라고 말했다. 진심인 것 같았다."[22]

그렇지만 상을 받고 영예를 안는 시간은 아직도 끝나지 않았다. 1994년 '대안 노벨상'이 그녀에게 돌아간다. 여든일곱 살 먹은 노인은 수상을 마친 뒤 피로연에서 이렇게 말했다. 그 상이 절반은 눈이 멀고 귀도 반쯤 먹었으며, 완전히 제정신이 아닌 한 여자에게 돌아갔다고.

그녀의 일상도 변화했다. 점점 더 딸 카린의 도움에 의지하게 되었고 친구들 손을 빌리지 않을 도리가 없었다. 마리안네 에릭손은 매일같이 뭔가를 읽어 주기 위해 그녀에게 왔다. 질케 바이텐도르프의 이야기다. "때때로 마리안네가 아스트리드가 지은 책들을 읽어 주면 그녀는 이렇게 얘기했어요. '그래, 그래. 그렇지, 그렇지. 다 내가 쓴 것들이야. 나쁘게 들리지 않는데. 그렇지. 그래도 살면서 꽤 괜찮게 글을 썼네!' "[23]

여든 번째 생일은 스웨덴 수상의 축하와 더불어 성대하게 치러졌고 그 뒤엔 더 큰 잔치가 벌어졌지만, 아흔 번째 생일을 맞은 그녀는 조용히 시간을 보내고 싶어 했다. "꼭꼭 숨어 버리려고요. 어딘가 아주 먼 곳으로 떠날 거예요. 저를 어디서도 찾지 못할 겁니다. 약속할게요. 아무도 저를 찾지 못하게 되겠지요."[24] 그렇지만 스웨덴 사람들은 그날을 국경일처럼 축하했다.

그녀는 더 이상 죽음을 두려워하지 않았다. "가까운 친구들이 하나 둘씩 세상을 뜨는 건 정말 뭐라 할 수 없이 슬퍼요. 그렇지만 제 자신이 죽는 건 아무 문제도 안 돼요. 아니, 정반대예요. 지금 이 순간만 아니면 됩니다. 아무래도 토요일이 좋겠어요."[25] 2002년 1월 28일, 아스트리드 린드그렌이 눈을 감은 날은 월요일이었다. 그녀는 바이러스 감염으로 한 달 내내 고생하다 마침내 삶을 마감했다.

그녀는 빔메르뷔에 누워 계신 부모님 곁에 묻혔다. 그러나 땅속에 묻히기 전 스웨덴의 모든 국민들이 그녀와 이별했다. 3월 8일, 수천 명이 장례 행렬을 뒤따르며 스톡홀름 구석구석을 돌았고 수십만 명이 텔레비전 앞에서 이 행렬을 좇았다. 스웨덴 수도의 대성당에서 열린 미사에는 마치 국장을 치르듯 칼 16세 구스타브 왕과 실비아 왕비, 빅토리아 공주를 비롯해 거의 모든 스웨덴 정부 인사들이 참석했다. 국왕은 미사를 며칠 앞두고 장례식 날 이미 다른 일정이 잡혀 있다고 밝혔지만, 결국은 장례 미사에 참석하기로 재빨리 결정했다. 그날 자신들이 먼 곳에 머무르는 것을 국민들이 용서하지 않을 것 같았기 때문이다.

이제 추도사를 쓸 사람들은 본격적으로 활동을 시작해야 했다. 필자들은 아스트리드 린드그렌에 관한 진실을 쓰기 위해, 다층적인 작품 세계와 엇갈리는 모습을 보여 준 작가를 몇몇 문장으로 요약하기 위해 새삼 노력을 기울였다. 그러나 이 작가는 작업을 결코 쉽게 해 주지 않았다. 그녀는 입버릇처럼 말하곤 했다. "난 날 때부터 죽을 때까지 농부의 딸로 산, 스몰란드 출신의 아스트리드이다."[26]

1996년 저 높은 하늘에서 발견된 유성 3204번이 우주 곳곳을 날고 있다. 러시아 학술원은 그 유성에 아스트리드 린드그렌의 이름을 따 붙였다. 아스트리드가 날고 있는 우주 어딘가에 진실이 놓여 있다.

1907년 11월 14일 아스트리드 안나 에밀리아 에릭손이 스웨덴 남부 지방의 스몰란드 주 빔메르뷔 시 외곽에 있는 네스에서 농부 사무엘 아우구스트와 한나 에릭손 사이의 둘째로 태어난다.

1914년 빔메르뷔에 위치한 학교에 입학한다.

1924년 중등학교 시험으로 학교 교육을 마치고 빔메르뷔 지역 신문 『빔메르뷔 티드닝엔』에서 수습 기자로 일을 시작한다.

1926년 임신을 하고, 빔메르뷔를 떠나 스톨홀름에서 비서 양성교육을 받는다. 12월 4일, 코펜하겐에서 아들 라르스 에릭손을 낳는다. 위탁가정에서 라르스를 맡아 돌본다.

1927~1928년 스웨덴 도서거래중앙회, 스웨덴 자동차 클럽에서 일한다.

1930년 라르스가 네스의 할아버지, 할머니 댁으로 이사한다. 스투레 린드그렌을 알게 된다. 살림살이를 배우기 위해 부모님 댁에서 6개월 동안 머문다.

1931년 스투레 린드그렌과 결혼한다. 라르스와 함께 불카누스가탄으로 이사한다.

1934년 5월 21일 아스트리드와 스투레 사이에 딸 카린이 태어난다.

1935년 네 명의 린드그렌 가족이 푸루순드에 있는 바닷가 집에서 첫 여름을 보낸다.

1937년 다시 종일제로 일하기 시작한다. 형법학자 하리 쇠데르만의 조수가 된다.

1939년 2차 세계대전이 일어난다. 전쟁에 관한 일기를 쓰기 시작한다.

1940년 국가기밀 정보기관에서 편지 검열을 시작한다.

1941년 달라가탄으로 이사한다. 이곳에서 삶을 마칠 때까지 산다.

1944년 딸 카린의 열 번째 생일 선물로『내 이름은 삐삐 롱스타킹』을 쓴다. 한 출판사에서 이 책의 출판을 거절한다. 곧 이어 쓴『브리트 마리는 마음을 놓는다』로 라벤 & 셰그렌의 공모전에서 2등 상을 받는다.

1945년 『내 이름은 삐삐 롱스타킹』이 라벤 & 셰그렌 공모전에서 1등 상을 받는다.

1946년 라벤 & 셰그렌 출판사에 채용되어 어린이책 전담 부서의 기틀을 세우는 책임을 맡는다.

1949년 함부르크의 출판인 프리이드리히 외팅거를 스톡홀름에서 알게 된다. 가을에『내 이름은 삐삐 롱스타킹』이 독일에서 출간된다.

1950년 라르스의 아들이자 아스트리드의 맏손자 마츠가 태어난다.『엄지 소년 닐스』로 닐스 홀게르손 상을 받는다.

1952 년 남편 스투레가 세상을 뜬다.

1956년 『미오, 나의 미오』로 독일청소년도서상 특별상을 받는다.

1958년 『라스무스와 방랑자』로 아동문학의 노벨상이라 불리는 한스 크리스티안 안데르센 상을 받는다.

1961년 어머니 한나 에릭손이 세상을 뜬다.

1965년 전 작품에 대해 문학 부문 스웨덴 국가상을 받는다. 자신이 태어난 네스의 빨간 집을 산다.

1966년 독일에서 최초로 아스트리드 린드그렌의 이름을 딴 학교가 생긴다.

1967년 스웨덴의 라벤 & 셰그렌 출판사와 독일의 프리드리히 외팅거 출판사가 아스트리드 린드그렌 상을 제정한다.

1969년 아버지 사무엘 아우구스트가 세상을 뜬다.

1970년 라벤 & 셰그렌 출판사에서 퇴직한다. 『에밀은 사고뭉치』와 『밤의 요정 톰텐』으로 상을 받는다.

1971년 스웨덴 문학 아카데미에서 주는 금상을 받는다.

1973년 린셰핑 대학에서 명예박사 학위를 받는다.

1974년 오빠 군나르가 세상을 뜬다. 『사자왕 형제의 모험』으로 스웨덴 도서협회의 메달과 소련의 특별 미소상을 받는다.

1978년 어린이책 작가로는 처음으로 독일도서협회가 주는 평화상을 받는다. 수상 소감 때 "폭력은 절대 안 돼"라는 제목으로 연설한다.

1985년 스웨덴 공공도서관에서 대출 횟수 200만 번을 기록하면서 스웨덴에서 가장 많이 읽힌 작가가 된다.

1986년 아들 라르스 린드그렌이 세상을 뜬다. 셀마 라겔뢰프 상 등 잇따라 국제적인 상을 받고, 장애 어린이를 위한 재단을 설립한다.

1987년 스웨덴 동물보호협회에서 금메달을 받는다. 독일에서 린드그렌의 이름을 딴 학교가 36곳 세워진다.

1993년 알베르트 엥스트룀 상, 유네스코 도서상을 받는다.

1994년 대안 노벨상을 수상한다.

1999년 '가장 사랑받는 스웨덴인'이란 칭호를 얻는다.

2002년 1월 28일 스톡홀름에서 세상을 뜬다.

아스트리드 린드그렌에 관한 책들

Paul Berf und Astrid Surmatz(Hrsg.): *Astrid Lindgren-Zum Donnerdrummel! Ein Werkporträt.* Hamburg: Rogner & Bernhard bei Zweitausendeins 2001

Vivi Edström: *Astrid Lindgren und die Macht des Märchens.* Deutsch von Gisela Kosubek. Hamburg: Verlag Friedrich Oetinger 2004

Vivi Edström: *Astrid Lindgren, Im Land der Märchen und Abenteuer.* Deutsch von Astrid Surmatz. Hamburg: Verlag Friedrich Oetinger 1997

Kerstin Kvint: *Astrid världen över. Astrid worldwide. A selected bibliography 1946-2002.* Stockholm: Kvints 2002

Astrid Lindgren, Margareta Strömstedt und Jan Hugo Norman: *Mein Småland.* Hamburg: Velag Friedrich Oetinger 1988

Astrid Lindgren: *Das Paradies der Kinder. Die Kinderbuch-Klassikerin im Gespräch mit Felizitas vom Schönborn.* Berlin: edition q 2002

Kerstin Ljunggren: *Besuch bei Astrid Lindgren.* Deutsch von Angelika Kutsch. Hamburg: Verlag Friedrich Oetinger 1994

Sybil Gräfin Schönfeldt: *Astrid Lindgren.* Hamburg: Rowohlt Taschenbuch Verlag 1987

Margareta Strömstedt: *Astrid Lindgren. Ein Lebensbild.* Deutsch von Birgitta Kicherer. Hamburg: Verlag Friedrich Oetinger 2001

Lena Törnqvist: *Astrid aus Vimmerby.* Deutsch von Angelika Kutsch. Hamburg: Verlag Friedrich Oetinger 1998

들어가는 글

1) 아스트리드 린드그렌, 『사라진 나라 *Das entschwundene Land.
Erinnerungen*』, München, Deutscher Taschenbuch Verlag 2003, 81쪽

1. 거침없는 모험을 펼치다

1) 아스트리드 린드그렌, 앞의 책, 46쪽

2) 위의 책, 61쪽

3) 위의 책, 78쪽

4) 위의 책, 80쪽

5) 위의 책, 85쪽

6) 위의 책, 85~93쪽

7) 마르가레타 스트룀스테트, 『아스트리드 린드그렌 *Astrid Lindgren-Ein
Lebensbild*』, Hamburg, Verlag Friedrich Oetinger, 2001, 176쪽 재인용

8) 아트리드 린드그렌, 앞의 책, 98쪽

9) 위의 책, 67쪽

10) 위의 책, 64쪽

11) 위의 책, 63쪽

12) 위의 책, 91쪽

13) 세르스틴 융그렌, 『아스트리드 린드그렌을 방문하고 *Besuch bei
Astrid Lindgren*』, Hamburg, Verlag Friedrich Oetinger, 1994, 68쪽

2. 유년의 고향에서 추방되다

1) 아스트리드 린드그렌이 서독방송(WDR)과 한 인터뷰, 1966. 7. 7, 시
빌 그레핀 쉰펠트, 『아스트리드 린드그렌 *Astrid Lindgren*』, Reinbeck
bei Hamburg, Rowohlt Taschenbuch Verlag, 1987, 41쪽 재인용

2) 마르가레타 스트룀스테트, 앞의 책, 99쪽

3) 아스트리드 린드그렌, 『나, 이사 갈 거야 *Lotta zieht um*』, Hamburg,
Verlag Friedrich Oetinger, 1992 : 아스트리드 린드그렌, 『펠레의 가출
과 다른 성탄절 이야기 *Pelle zieht aus und andrere Weihnachts-*

geschichten』, Hamburg, Verlag Friedrich Oetinger, 1985, 7쪽 이하

4) 마르가레타 스트룀스테트, 앞의 책, 98쪽

5) 위의 책, 93쪽

6) 마리안네 에릭손이 저자와 한 인터뷰, 스톡홀름, 2003. 1. 1.

7) 마르가레타 스트룀스테트가 저자와 한 인터뷰, 스톡홀름, 2004. 5. 19.

8) 셰르스틴 크빈트가 저자와 한 인터뷰, 스톡홀름, 2003. 9. 30.

9) 마르가레타 스트룀스테트, 앞의 책, 105쪽

10) 아스트리드 린드그렌이 서독방송과 한 인터뷰 1966. 7. 7, 앞의 책, 42쪽 재인용

11) 마르가레타 스트룀스테트, 앞의 책, 176쪽 재인용

12) 아스트리드 린드그렌이 서독방송과 한 인터뷰, 1966. 7. 7, 앞의 책, 42쪽 재인용

13) 위의 자료, 42쪽 이하

14) 위의 자료, 44쪽

15) 마르가레타 스트룀스테트, 앞의 책, 187쪽 재인용

16) 셰르스틴 크빈트가 저자와 한 인터뷰, 스톡홀름, 2003. 9. 29.

17) 위의 자료

3. 끝없이 그리움에 빠져들다

1) 시빌 그레핀 쇤펠트, 앞의 책, 48쪽 재인용

2) 마르가레타 스트룀스테트, 앞의 책, 189쪽 재인용

3) 위의 책, 190쪽

4) 위의 책, 25쪽

5) 시빌 그레핀 쇤펠트, 앞의 책, 48쪽 재인용

6) 마르가레타 스트룀스테트, 앞의 책, 23쪽 재인용

7) 시빌 그레핀 쇤펠트, 앞의 책, 43쪽 이하 재인용

8) 마르가레타 스트룀스테트, 앞의 책, 196쪽 재인용

9) 위의 책, 197쪽

10) 위의 책, 198쪽

11) 시빌 그레핀 쉰펠트, 앞의 책, 45쪽 재인용

12) 아스트리드 린드그렌이 서독방송과 한 인터뷰, 1966. 7. 7, 앞의 책, 53쪽 재인용

13) 아스트리드 린드그렌, 『미오, 나의 미오 *Mio, Mein Mio*』, Verlag Friedrich Oetinger, 1996

14) 마르가레타 스트룀스테트, 앞의 책, 200쪽 재인용

15) 위의 책

16) 위의 책, 201쪽

17) 셰르스틴 크빈트가 저자와 한 인터뷰, 스톡홀름 2003. 9. 30.

4. "무슨 일이 있어도 작가는 되지 않을 거야!"

1) 시빌 그레핀 쉰펠트, 앞의 책, 57쪽 재인용

2) 아스트리드 린드그렌이 서독방송과 한 인터뷰, 1966. 7. 7, 앞의 책, 58쪽 재인용

3) 아스트리드 린드그렌, 『파리 간 카티 *Kati in Paris*』, München, Deutscher Taschenbuch Verlag, 1992, 387쪽 이하

4) 카린 뉘만이 저자와 한 인터뷰, 스톡홀름, 2003. 9. 30.

5) 마르가레타 스트룀스테트, 앞의 책, 203쪽

6) 마리안네 에릭손이 저자와 한 인터뷰, 스톡홀름, 2003. 10. 1.

7) 카린 뉘민이 저자와 한 인터뷰, 스톡홀름, 2003. 9. 30.

8) 마르가레타 스트룀스테트, 앞의 책, 208쪽 이하

9) 아스트리드 린드그렌, 「아이로 사는 건 쉽지 않은 일 Es ist nicht liect, ein kind zu sein」, 파울 버프와 아스트리드 주어마츠 엮음, 『아스트리드 린드그렌 - 지옥에나 떨어져라! 작품 소개 *Astrid Lindgren-Zum Donnerdummel!, Ein Werkporträt*』, Hamburg, Ronger & Bernhard bei Zweitausendeins, 2001, 60쪽

10) 아스트리드 린드그렌이 서독방송과 한 인터뷰, 1966. 7. 7, 앞의 책, 58쪽 재인용

11) 마르가레타 스트룀스테트, 앞의 책, 213, 216쪽 이하 인용

12) 위의 책, 215쪽

13) 위의 책, 216쪽

14) 위의 책, 217쪽

15) 시빌 그레핀 쇤펠트, 앞의 책, 65쪽 재인용

16) 마르가레타 스트룀스테트, 앞의 책, 206쪽 재인용

17) 위의 책, 219쪽

18) 위의 책, 219쪽

5. "어느 날 갑자기 글을 쓰지 않을 수 없었다"

1) 마르가레타 스트룀스테트, 앞의 책, 210쪽

2) 위의 책, 211쪽

3) 위의 책, 232쪽

4) 위의 책, 232쪽

5) 위의 책, 211쪽

6) 위의 책, 233쪽

7) 시빌 그레핀 쇤펠트, 앞의 책, 69쪽

8) 위의 책

9) 마르가레타 스트룀스테트, 앞의 책, 233쪽

10) 위의 책, 223쪽 이하

11) 카린 뉘만이 저자와 한 인터뷰, 스톡홀름, 2003. 9. 30.

12) 마르가레타 스트룀스테트, 앞의 책, 224쪽 이하

13) 아스트리드 주어마츠, 「원본 삐삐에서 수정본 삐삐까지 Von "Ur-
Pipi" zu Pipi」, 파울 버프와 아스트리드 주어마츠 엮음, 앞의 책, 67쪽
이하

14) 위의 책, 68쪽

15) 위의 책, 77쪽

16) 마르가레타 스트룀스테트, 앞의 책, 236쪽

17) 욘 란드퀴스트, 「저질 작품의 수상-좋은 어린이책과 나쁜 어린이책
에 대한 고찰 Schlecht und Preisgekrönt. Eine Reflektion über gute

und schlechte Kinderbücher」, 파울 버프와 아스트리드 주어마츠 엮음, 앞의 책, 185쪽

18) 울라 룬드퀴스트, 1977, 마르가레타 스트룀스테트, 앞의 책, 231쪽 재인용

19) 아스트리드 린드그렌, 「아이들에게 사랑을 선물해라 - 자유로운 교육을 위한 변호.Schenkt den Kindern Liebe. Ein Plädoyer für eine freie Erziehung」, 파울 버프와 아스트리드 주어마츠 엮음, 앞의 책, 192쪽.

20) 시빌 그레핀 쉰펠트, 앞의 책, 73쪽

21) 마르가레타 스트룀스테트, 앞의 책, 246쪽 재인용

22) 위의 책, 245쪽

23) 게어트 외딩, *Die Welt*, 2002. 1. 29.

24) 아스트리드 린드그렌, 「미래의 어린이책 작가들에게 Kleines Zwiegespräch mit einem künftigen Kinderbuchautor」, 사라진 나라, 112쪽

25) 시빌 그레핀 쉰펠트, 앞의 책, 76쪽

26) 마리안네 에릭손이 저자와 한 인터뷰, 스톡홀름, 2003. 10. 1.

27) 위의 자료

28) 마르가레타 스트룀스테트, 앞의 책, 248쪽 이하

29) 위의 책, 250쪽

30) 위의 책, 252쪽

31) 아스트리드 린드그렌, 「미래의 어린이책 작가들에게」, 앞의 책, 107쪽

32) 카린 뉘만이 저자와 한 인터뷰, 스톡홀름, 2003. 9. 30.

33) 마르가레타 스트룀스테트, 앞의 책, 260쪽

34) 셰르스틴 크빈트가 저자와 한 인터뷰, 스톡홀름, 2004. 9. 30.

35) *Der Tagesspiegel*, 1992. 11. 15.

36) 카린 뉘만이 저자와 한 인터뷰, 스톡홀름, 2003. 9. 30.

37) 마르가레타 스트룀스테트, 앞의 책, 183쪽

38) 카린 뉘만이 저자와 한 인터뷰, 스톡홀름, 2003. 9. 30.

39) 마르가레타 스트룀스테트, 앞의 책 319쪽

40) 아스트리드 린드그렌, 『미국에 간 카티 *Kati in Amerika*』, 『이탈리아에 간 카티 *Kati in Italien*』, 『파리에 간 카티 *Kati in Paris*』, Deutscher Taschenbuch Verlag, 1976, 79쪽

41) 마르가레타 스트룀스테트, 앞의 책, 322쪽

42) 시빌 그레핀 쇤펠트, 앞의 책, 78쪽 이하

43) 하이디 외팅거가 저자와 한 인터뷰, 함부르크, 2003. 10. 22.

44) 오이겐 스카자, *Abendzeitung*, 1953 ; 아스트리드 주어마츠, 「우리는 이 유명한 삐삐책을 강력히 거부한다 Wir lehnen dieses berühmte Pippibuch entschieden」, 파울 버프와 아스트리드 주어마츠 엮음, 앞의 책, 188쪽

45) 하이디 외팅거가 저자와 한 인터뷰, 함부르크 2003. 10. 22.

6. 어스름 내리는 나라에서

1) 카린 뉘만이 저자와 한 인터뷰, 스톡홀름, 2003. 9. 30.

2) 셰르스틴 크빈트가 저자와 한 인터뷰, 스톡홀름, 2003. 9. 29.

3) 위의 자료

4) 위의 자료

5) 마르가레타 스트룀스테트, 앞의 책, 260쪽 이하

6) 셰르스틴 크빈트가 저자와 한 인터뷰, 스톡홀름, 2003. 9. 29.

7) 카린 뉘만이 저자에게 보낸 이메일, 스톡홀름, 2005. 2. 1.

8) 시빌 그레핀 쇤펠트, 앞의 책, 89쪽

9) 마르가레타 스트룀스테트, 앞의 책, 279쪽

10) 시빌 그레핀 쇤펠트, 앞의 책, 89쪽

11) 아스트리드 린드그렌, 『떠들썩한 마을의 아이들 *Die Kinder aus Bullerbü*』, Hamburg, Verlag Friedrich Oetinger, 1988, 97쪽

12) 아스트리드 린드그렌, 『나, 이사 갈 거야 *Lotta zieht um*』, Hamburg, Verlag Friedrich Oetinger, 1997, 62쪽

13) 시빌 그레핀 쇤펠트, 앞의 책, 85쪽

14) 마르가레타 스트룀스테트가 저자와 한 인터뷰, 스톡홀름, 2004. 5. 19.

15) 시빌 그레핀 쇤펠트, 앞의 책, 85쪽

16) 아스트리드 린드그렌, 『엄지 소년 닐스 *Nils Karlsson-Däumling, Märchen*』, Hamburg, Verlag Friedrich Oetinger, 1989, 127쪽 이하

17) 위의 책, 145쪽

18) 아스트리드 린드그렌, 『어스름 나라에서 *Im Land der Dämmerung*』, 위의 책, 41쪽

19) 아스트리드 린드그렌, 『미오, 나의 미오』, 위의 책, 8쪽

20) 위의 책, 8쪽

21) 위의 책, 142쪽

22) 시빌 그레핀 쇤펠트, 앞의 책, 93쪽

23) 위의 책, 93쪽 이하

24) 위의 책, 94쪽

25) 위의 책

26) 아스트리드 린드그렌, 『브리트 마리는 마음을 놓는다 *Britt-Mari erleichtert ihr Herz*』, Hamburg, Verlag Friedrich Oetinger, 1997, 45쪽

27) 아스트리드 린드그렌, 『꼬마 백만 장자 삐삐 *Pippi Langstrumpf geht an Bord*』, Hamburg, Verlag Friedrich Oetinger, 1969, 137쪽

28) 마르가레타 스트룀스테트, 앞의 책, 259쪽

29) 비비 에스트룀, 『아스트리드 린드그렌과 동화의 힘 *Astrid Lindgren und die Macht des Märchens*』, Hamburg, Verlag Friedrich Oetinger, 2004, 121쪽

30) 마르가레타 스트룀스테트가 저자와 한 인터뷰, 스톡홀름, 2004. 5. 19.

31) 마르가레타 스트룀스테트, 앞의 책, 302쪽.

32) 마리안네 에릭손이 저자와 한 인터뷰, 스톡홀름, 2003. 10. 1.

33) 셰르스틴 크빈트가 저자와 한 인터뷰, 스톡홀름, 2003. 9. 29.

34) 마리안네 에릭손이 저자와 한 인터뷰, 스톡홀름, 2003. 10. 1.

35) 셰르스틴 크빈트가 저자와 한 인터뷰, 스톡홀름, 2003. 9. 29.

36) 마르가레타 스트룀스테트, 앞의 책, 263쪽

7. "두려워하시오, 현명한 남성들이여!"

1) 시빌 그레핀 쉰펠트, 앞의 책, 104쪽

2) 아스트리드 린드그렌, *Die Welt*, 2002. 1. 29일자에서 인용

3) 아스트리드 린드그렌, 『사라진 나라』, 116쪽

4) 아스트리드 린드그렌, 『지붕 위의 카알손 *Karlsson vom Dach*』, Hamburg, Verlag Friedrich Oetinger, 1994, 156쪽

5) 마르가레타 스트룀스테트가 저자와 한 인터뷰, 스톡홀름, 2004. 5. 19.

6) 질케 바이텐도르프가 저자와 한 인터뷰, 함부르크, 2003. 10. 22.

7) 시빌 그레핀 쉰펠트, 앞의 책, 107쪽

8) 셰르스틴 크빈트가 저자와 한 인터뷰, 스톡홀름, 2003. 9. 29.

9) 위의 자료

10) 하이디 외팅거가 저자와 한 인터뷰, 함부르크, 2003. 10. 22.

11) 질케 바이텐도르프가 저자와 한 인터뷰, 함부르크, 2003. 10. 22.

12) 마르가레타 스트룀스테트, 앞의 책, 289쪽

13) 위의 책

14) 아스트리드 린드그렌, 『사자왕 형제의 모험 *Die Brüder Löwenherz*』, Hamburg, Verlag Friedrich Oetinger, 1973, 5쪽 이하

15) 위의 책, 29쪽

16) 위의 책, 212쪽 이하

17) 위의 책, 237쪽

18) 위의 책, 238쪽

19) 비비 에스트룀, 앞의 책, 280쪽 재인용

20) 클라우스 세하페르, 「전원 세계 저편의 땅 Das Land jenseits der Idylle」, 파울 버프와 아스트리드 주어마츠 엮음, 앞의 책 540쪽

21) 비비 에스트룀, 앞의 책, 204쪽 재인용

22) 마르가레타 스트룀스테트, 앞의 책, 228쪽 이하

23) 마르가레타 스트룀스테트, 앞의 책, 280쪽 재인용

24) 카린 뉘만이 저자와 한 인터뷰, 스톡홀름, 2003. 9. 30.

25) 마리안네 에릭손이 저자와 한 인터뷰, 스톡홀름, 2003. 10. 1.

26) 아스트리드 린드그렌, 『모니스마니엔의 폼페리포사 *Pomperipossa in Monismanien*』, 파울 버프와 아스트리드 주어마츠 엮음, 앞의 책

27) 시빌 그레핀 쇤펠트, 앞의 책, 128쪽 이하 재인용

28) 카린 뉘만이 저자와 한 인터뷰, 스톡홀름, 2003. 9. 30.

29) 마르가레타 스트룀스테트, 앞의 책, 313쪽

30) 아스트리드 린드그렌, 『마디타 *Madita*』, Hamburg, Verlag Friedrich Oetinger, 1992년, 262쪽

31) 마르가레타 스트룀스테트, 앞의 책, 333쪽

32) 아스트리드 린드그렌, 「폭력은 절대 안 돼 Niemals Gewalt」, 파울 버프와 아스트리드 주어마츠 엮음, 앞의 책, 619쪽

33) 아스트리드 린드그렌, 「이 땅은 판매용이 아니다 Dieses Land stehe nicht zum Verkauft」, 파울 버프와 아스트리드 주어마츠 엮음, 앞의 책, 619쪽

34) 마르가레타 스트룀스테트가 저자와 한 인터뷰, 스톡홀름, 2004. 5. 19.

35) 위의 자료

36) 셰르스틴 크빈트가 저자와 한 인터뷰, 스톡홀름, 2003. 9. 29.

37) 시빌 그레핀 쇤펠트, 앞의 책, 124쪽

38) 마르가레타 스트룀스테트가 저자와 한 인터뷰, 스톡홀름, 2004. 5. 19.

39) 마르가레타 스트룀스테트, 앞의 책, 354쪽

8. "꼭꼭 숨어 버리려고요"

1) 스티그 엥젤, *Skanska Dagbladet*, 1981. 10.9 시빌 그레핀 쇤펠트, 앞의 책, 145쪽 재인용

2) 비비 에스트룀, 앞의 책, 1997, 2쪽

3) 아스트리드 린드그렌, 『산적의 딸 로냐 *Ronja Räubertocher*』, Hamburg, Verlag Friedrich Oetinger, 1986, 178쪽 이하

4) 마르가레타 스트룀스테트, 앞의 책, 273쪽

5) 페르 스벤손, 마르가레타 스트룀스테트, 앞의 책, 337쪽 재인용

6) 시빌 그레핀 쇤펠트, 앞의 책, 138쪽

7) 마르가레타 스트룀스테트, 앞의 책, 360쪽 재인용

8) 셰르스틴 크빈트가 저자와 한 인터뷰, 스톡홀름, 2003. 9. 29.

9) 질케 바이텐도르프가 저자와 한 인터뷰, 함부르크, 2003. 10. 22.

10) 마르가레타 스트룀스테트, 앞의 책, 315쪽

11) 아스트리드 린드그렌, 크리스티나 포르슬룬드, 『우리 소도 재미있게
   지내고 싶다 Meine Kuh will auch Spaß haben. Einmischung in die
   Tierschutzdebatte-wie und warum es so wurde, wie es geworden
   ist』, Hamburg, Verlag Friedrich Oetinger, 1991, 17쪽.

12) 위의 책, 23쪽 이하

13) 위의 책

14) 위의 책, 59쪽

15) 마르가레타 스트룀스테트가 저자와 한 인터뷰, 스톡홀름, 2004. 5. 19.

16) 마리안네 에릭손이 저자와 한 인터뷰, 스톡홀름, 2003. 10. 1.

17) 마르가레타 스트룀스테트, 앞의 책, 338쪽 재인용

18) 시빌 그레핀 쇤펠트, 앞의 책, 146쪽

19) 위의 책, 147쪽

20) 질케 바이텐도르프가 저자와 한 인터뷰, 함부르크, 2003. 10. 22.

21) 마르가레타 스트룀스테트, 앞의 책, 315쪽

22) *Frankfurter Rundschau*, 1997.11.14.

23) 질케 바이텐도르프가 저자와 한 인터뷰, 함부르크, 2003. 10. 22.

24) *Frankfurter Rundschau*, 위의 자료

25) TV Hören uns Sehen, 1999. 12. 24.

26) 시빌 그레핀 쇤펠트, 앞의 책, 138쪽

이 작품 목록은 아스트리드 린드그렌 공식 홈페이지(www.astridlindgren.se)를 참조하여 편집자
가 작성했다. 스웨덴어 제목과 뜻, 출간 연도를 적고, 우리말로 옮겨진 작품은 그 아래에 가장 널리
읽히는 책 제목을 적었다.

- Britt-Mari lättar sitt hjärta 브리트 마리는 마음을 놓는다, 1944
- Kerstin och jag 셰르스틴과 나, 1945
- Pippi Långstrump 삐삐 롱스타킹, 1945
  『내 이름은 삐삐 롱스타킹』
- Alla vi barn i Bullerbyn 우리는 모두 떠들썩한 마을의 아이들, 1946
  『떠들썩한 마을의 아이들』
- Mästerdetektiven Blomkvist 명탐정 블롬크비스트, 1946
  『소년 탐정 칼레1 - 초대하지 않은 손님』
- Pippi Långstrump går ombord 삐삐 배에 오르다, 1946
  『꼬마 백만 장자 삐삐』
- Jag vill inte gå och lägga mig! 난 자고 싶지 않아, 1947
- Känner du Pippi Långstrump? 넌 삐삐를 아니?, 1947
- Pippi Långstrump i Söderhavet 남태평양의 삐삐, 1948
  『삐삐는 어른이 되기 싫어』
- Sjung med Pippi Långstrump 함께 삐삐를 부른다, 1949
- Pippi Långstrump i Humlegården 훔레 공원의 삐삐, 1949
  『삐삐가 공원에 갔어요!』
- Mera om oss barn i Bullerbyn 떠들썩한 마을의 아이들에 대해 더 많
  은 것, 1949
- Nils Karlsson-Pyssling 엄지 소년 닐스 칼손, 1949
  『엄지 소년 닐스』
- Kajsa Kavat 카이사 카바트, 1950

『난 뭐든지 할 수 있어』
- Kati i Amerika 미국에 간 카티, 1950

『바다 건너 히치하이크 - 미국에 간 카티』
- Sex pjäser för barn och ungdom 어린이와 청소년을 위한 희곡 여섯 편, 1950
- Jag vill också gå i skolan 나 학교에 가고 싶어, 1950
- Mästerdetektiven Blomkvist lever farligt 명탐정 블롬크비스트의 위험한 생활, 1951

『소년 탐정 칼레 2 - 위험에 빠진 에바 로타』
- Boken om Pippi Långstrump 삐삐에 관한 책, 1952
- Kati på Kaptensgatan 선장 거리의 카티, 1952

『베네치아의 연인 - 이탈리아에 간 카티』
- Bara roligt i Bullerbyn 떠들썩한 마을은 마냥 재미있어, 1952
- Kalle Blomkvist och Rasmus 명탐정 칼레 블롬크비스트와 라스무스, 1953

『소년탐정 칼레 3 - 라스무손 박사의 비밀 문서』
- Kati i Paris 파리에 간 카티, 1953

『아름다운 나의 사람들 - 프랑스에 간 카티』
- Mio, min Mio 미오, 나의 미오, 1954

『미오, 나의 미오』
- Jag vill också ha ett syskon 나도 동생을 갖고 싶어, 1954

『나도 동생이 있으면 좋겠어』
- Lillebror och Karlsson på taket 릴레브로르와 지붕 위의 칼손, 1955

『지붕 위의 카알손』
- Eva möter Noriko-San 에바, 노리코 상을 만나다, 1956
- Nils Karlsson Pyssling flyttar in 엄지 소년 닐스 칼손이 떠나다, 1956
- Rasmus på luffen 방랑자 라스무스, 1956

『라스무스와 방랑자』
- Rasmus, Pontus och Toker 라스무스와 폰투스와 토케르, 1957

『라스무스와 폰투스』
- Barnen på Bråkmakargatan 말썽꾸러기 거리의 아이들, 1958
- Kajsa kavat hjälper mormor 카이사 카바트가 할머니를 돕는다, 1958
- Sia bor på Kilimandjaro 시아는 킬리만자로에 산다, 1958
- Mina svenska kusiner 나의 스웨덴 사촌, 1959
- Pjäser för barn och ungdom, första samlingen 어린이와 청소년을 위한 희곡, 첫번째 모음집, 1959
- Sunnanäng 순나넹, 1959

『그리운 순난앵』
- Lilibet cirkusbarn 서커스 소녀 릴리베트, 1960
- Madicken 마디켄, 1960

『마디타』
- Jul i stallet 마구간의 크리스마스, 1961
- Bullerby boken 떠들썩한 마을에 관한 책, 1961
- Lotta på Bråkmakargatan 말썽꾸러기 거리의 로타, 1962

『나, 이사 갈 거야』
- Marko bor i Jugoslavien 마르코는 유고슬라비아에 산다, 1962
- Karlsson på taket flyger igen 지붕 위의 칼손 다시 날다, 1962

『돌아온 카알손』
- Jul i Bullerbyn 떠들썩한 마을의 크리스마스, 1962
- Emil i Lönneberga 뢴네베리아의 에밀, 1963

『에밀은 사고뭉치』
- Jackie bor i Holland 야키는 네덜란드에 산다, 1963
- Vi på Saltkråkan 우리는 살트크로칸에서, 1964

『마법의 섬 살트크로칸』

- Vår i Bullerbyn 떠들썩한 마을의 봄, 1965
- Randi bor i Norge 란디는 노르웨이에 산다, 1966
- Barnens dag i Bullerbyn 떠들썩한 마을에서 아이들의 하루, 1966
- Nya hyss av Emil i Lönneberga 뢴네베리아의 에밀의 새로운 장난, 1966
- Noy bor i Thailand 노이는 태국에 산다, 1966
- Skrållan och Sjörövarna 스크롤란과 해적, 1967
- Salikons rosor 살리콘의 장미, 1967
- Pjäser för barn och ungdom, andra samlingen 어린이와 청소년을 위한 희곡, 두번째 모음집, 1968
- Matti bor i Finland 마티는 핀란드에 산다, 1968
- Karlsson på taket smyger igen 지붕 위의 칼손 다시 나타나다, 1968
  『카알손은 반에서 최고』
- Pippi flyttar in 삐삐 이사 오다, 1969
- Pippi ordnar allt 삐삐가 모든 걸 해결해, 1969
- Pippi håller kalas 삐삐 파티를 열다, 1970
- Ån lever Emil i Lönneberga 뢴네베리아의 에밀이 아직 살아 있어요, 1970
- Pippi ärstarkast i världen 삐삐는 세계 최강이야, 1970
- Visst kan Lotta cykla 로타도 자전거 탈 수 있어, 1971
- På rymmen med Pippi Långstrump 삐삐 도망치다, 1971
- Pippi vill inte bli stor 삐삐 좋은 일이 없어, 1971
- Pippi gärtill sjöss 삐삐 바다로 가다, 1971
- Allt om Karlsson på taket 지붕 위의 칼손에 대한 모든 것, 1972
- Den där Emil 그 녀석 에밀, 1972
- Bröderna Lejonhjärta 사자왕 형제, 1973
  『사자왕 형제의 모험』
- Allrakäraste syster 가장 사랑스런 언니, 1973

『엄지 소년 닐스』에 「사랑스런 언니」로 실려 있다.
- Samuel August från Sevedstorp och Hanna i Hult 세베스토르프의 사무엘 아우구스트와 훌트의 한나, 1975
  『사라진 나라』
- När Emil skulle dra ut Linas tand 에밀이 리나의 이빨을 뺄 때, 1976
- Madicken och Junibackens Pims 마디켄과 유니바켄스 핌스, 1976
  『마디타와 리사벳』
- Visst kan Lotta nästan allting 로타는 물론 거의 뭐든지 할 수 있어, 1977
- Pippi har julgransplundring 삐삐의 크리스마스 트리, 1979
- Sagorna 동요집, 1980
- Ronja Rövardotter 산적의 딸 로냐, 1981
  『산적의 딸 로냐』
- Småländsk tjurfäktare 스몰란드의 황소 싸움, 1982
- Titta Madicken, det snöar! 저것 봐, 마디켄, 눈이 와!, 1983
  『저거 봐, 마티타, 눈이 와!』
- Allas vär Madicken 우리의 마디켄, 1983
- Spelar min lind, sjunger min näktergal 내 라임 나무가 연주하면 나이팅게일이 노래할 거야, 1984
- När lilla Ida skulle göra hyss 꼬마 이다가 장난칠 때, 1984
  『장난을 배우고 싶은 꼬마 이다』
- Emils hyss nr 325 에밀의 325번째 장난, 1985
  『에밀의 325번째 장난』
- Julberättelser 율베레텔세르, 1985
- Draken med de röda ögonen 빨간 눈의 용, 1985
- Inget knussel, sa Emil i Lönneberga 뢴네베리아의 에밀은 무조건,이라고 말한다, 1986
  『에밀의 크리스마스 파티』

- Skinn Skerping 신셰르핑, 1986
- Assar Bubbla 아사르 부블라, 1987
- Emil och Ida i Lönneberga 뢴네베리아의 에밀과 이다, 1989
- När Bäckhultarn for till stan 벡홀타른이 시내에 갈 때, 1989
- Visst är Lotta en glad unge 로타는 물론 행복해, 1990
  『로타는 기분이 좋아요』
- När Adam Engelbrekt blev tvärarg 아담이 몹시 화났을 때, 1991
- När Lisabet pillade in en ärta i näsan 리사베트가 코에 완두콩을 넣었
  을 때, 1991
  『재미있는 집의 리사벳』
- Jullov ärett bra påhitt, sa Madicken 크리스마스 휴일은 좋은 생각이
  야,라고 마디켄이 말하다, 1993
- I skymningslandet 어스름 나라에서, 1994
  『어스름 나라에서』
- Emil med paltsmeten 에밀의 감자 반죽, 1995
- Emil och Soppskålen 에밀과 스프 단지, 1997
- Sagobok 이야기책, 2002
- God Jul i stugan 별장에서의 즐거운 크리스마스, 2002
- Mirabel 미라벨, 2002
  『말하는 인형 미라벨』
- Sagoresan 이야기 여행, 2006
- Peter och Petra 페테르와 페트라, 2007
  『페터와 페트라』
- Sagor hyss och äventyr 장난과 모험 이야기, 2010
- Lille Kat 작은 고양이, 2010

아스트리드는 어떤 삶을 살았을까? 그녀만의 다채롭고 깊이 있는 작품 세계는 어떻게 태어났을까? 이 책 『아스트리드 린드그렌』은 그녀의 삶과 작품을 짜임새 있게 재구성해 작품을 이해하는 데 생기를 불어넣어 주었다. 책장을 덮고 나니 삐삐나 에밀이 꼭 행복한 장난꾸러기 아스트리드 같다. 순난앵의 안나와 마티스는 외로움과 배고픔에 떨던 아스트리드와 닮아 있고, 고아 소년 라스무스와 미오한테선 아들을 위탁가정에서 키울 수밖에 없었던 안타까운 모성이 짙게 묻어난다. 또 평화로운 세계를 향한 아스트리드의 열망은 어쩌면 칼과 요나탄의 목숨 건 싸움에서 드러나고 있을지도 모르겠다.

수많은 작품들은 그녀의 분신이었다. 아스트리드는 자신의 삶을 녹여 온몸으로 작품을 썼다. 그래서 그녀의 작품들은 더 이상 책 속에나 있는 '아름다운' 이야기가 아닌, 진정으로 '살아 숨 쉬는' 이야기로 생명력을 갖게 되었을 것이다. 이제 나는 희망과 절망, 기쁨과 고통, 그리고 선과 악이 교차하는 삶의 순간순간 아스트리드와 그녀의 작품을 불러내어 때로는 기쁨을 나누고, 때로는 위로와 격려를 얻을 수 있을 것 같다.

그녀의 작품에 특별한 관심을 갖고 있지 않은 독자라도 아스트리드의 삶과 만났으면 좋겠다. 방황하는 청소년으로, 미혼모로, 또 두 아이의 엄마이자 늦깎이 작가로, 싸움꾼으로 치열하게 산 그녀는 다양한 삶만큼 여러 독자들에게 따스한 인생의 선배가 되어 줄 것이다. 특히 아이를 키우는 어른이나 어린이책 작가라면, 아스트리드와 아이들에 대해 세세하게 이야기 나눌 수 있을 것이다. 아스트리드는 어린이라는 존재와 그들의 언어를 누구보다 깊이 이해했고, 아이들의 성장에 통찰력을 갖춘 인물이었기 때문이다. 그래서 아이들과 관련한 문제에 부딪힌 독자가 '아스트리드라면 어떻게 했을까' 같은 질문을 던진다면, 그녀는 기꺼이 문제 해결의 지혜로운 길잡이가 되어 줄 것이다.

이 책 번역을 독일에 머무는 동안 우리 가족이 함께 해서 더 즐거웠다. 작품을 함께 읽고 나눈 한별이에게, 어린이 문학을 마음껏 누리라고 응원한 남편에게, 특히 번역체 말투를 자연스런 우리말로 정성껏 다듬은 하늘이에게 고마움을 전한다. 이 지면을 빌려 어린이도서연구회 친구들에게도 마음을 전하고 싶다. 동화 읽는어른은 내게 어린이 문학에 대한 생각을 보태 주었을 뿐 아니라, 어른들 때문에 망가지는 아이들의 삶을 가꾸는 더없이 소중한 친구들이라고! 그리고 무엇보다 어린이 문학에 대한 순수한 열정으로 정성을 다해 이 책을 만들어 준 여유당 출판사 최영옥 씨에게 진정 어린 감사를 표현하고 싶다.

시련 앞에서 주저앉지 않고 자신의 삶을 굳건하게 세운, 성공한 작가라는 현실에 안주하지 않고 끊임없이 어린이를 사랑하며 작품 세계를 넓혀 간 아스트리드의 삶은, 독자들에게 더 많이 사랑하고 더 꿋꿋해지라고 용기를 북돋고 있다.

2012년 7월,

옮긴이 이명아

여유당 인물산책 **01**

아스트리드 린드그렌
–영원한 삐삐 롱스타킹

1판 1쇄 펴낸날 2012년 7월 30일
1판 3쇄 펴낸날 2021년 4월 20일

글쓴이 마렌 고트샬크 | 옮긴이 이명아
펴낸이 조영준 | 책임편집 최영옥 | 디자인 끌무
펴낸곳 여유당출판사 출판등록 395-2004-00068
주소 서울 마포구 동교로 27길 53 지남빌딩 201호
전화 02-326-2345 전송 02-6280-4563
전자우편 yybooks@hanmail.net
블로그 http://blog.naver.com/yeoyoubooks

ISBN 978-89-92351-38-6
책값은 뒤표지에 있습니다.
잘못된 책은 구입하신 서점에서 바꾸어 드립니다.

이 도서의 국립중앙도서관 출판시도서목록(CIP)은 e-CIP 홈페이지(http://www.nl.go.kr/ecip)와
국가자료공동목록시스템(http://www.nl.go.kr/kolisnet)에서 이용할 수 있습니다.(CIP제어번호:CIP20122003298)